COLLECTION FOLIO

740

Lettres à l'inconnue

suivi de

Choix de lettres dessinées

Les lettres originales d'Antoine de Saint-Exupéry composant la section « Lettres à l'inconnue » sont conservées au Musée des lettres et manuscrits (8, rue de Nesle-75006 Paris).

Les lettres reproduites dans la section « Choix de lettres dessinées » sont conservées dans les collections suivantes : Paris, Archives nationales : 48, 52, 54, 57, 112 ; Coll. part. : 60-61, 68-69, 71, 76-77, 80, 82, 86-87, 90-91, 94-96, 106-107, 120 ; Issoudun, Succession Léon Werth / Médiathèque Albert-Camus : 114, 116 ; Coll. Succession Consuelo de Saint-Exupéry : 128, 130 ; Washington, Smithsonian Institute : 126.

Antoine de Saint-Exupéry

Lettres à l'inconnue

nrf

Gallimard

En avril 1943, Antoine de Saint-Exupéry, après plus d'un an passé aux États-Unis où il a notamment publié Le Petit Prince, *rejoint Alger pour tenter de retrouver le terrain de l'action militaire, auprès de son escadre de rattachement, le groupe de reconnaissance aérienne 2 / 33.*

Quelques mois plus tard dans un train qui le conduit d'Oran à Alger, il rencontre une jeune femme de vingt-trois ans, originaire de l'est de la France, officier et membre de la Croix-Rouge.

Pardon de vous déranger... c'était seulement pour dire bonjour !

LE PETIT PRINCE

« Pardon de vous déranger... c'était seulement pour dire bonjour. »

Petite fille je te tutoierai, c'est plus simple pour moi. Je voulais simplement te dire que j'ai été un peu ému par la conversation de l'autre jour. Tu es un chic petit gars.

Je ne veux plus me brouiller avec toi. Tant pis pour moi si je suis parfois un peu triste. Tu as raison sur tant de choses, je te ferais sans doute plus de mal que de bien. Sans doute, non, mais peut-être.

Alors j'ai pris de grandes résolutions et tu peux me revoir. Je suis ton ami.

A.

Bien sûr que, mes résolutions, le moindre printemps les ferait fléchir – mais tant pis s'il n'est point de printemps.

VI

Petite fille je te tutoierai, c'est plus simple pour moi. Je voulais simplement te dire que j'ai été un peu ému par la conversation de l'autre jour. Tu es un chic petit gars.
Je ne veux plus me brouiller avec toi. Tant pis pour moi si je suis parfois un peu triste. Tu as raison sur tant de choses, je te ferais sans doute plus de mal que de bien. Sans doute, non, mais peut-être.
Alors j'ai pris de grandes résolutions et tu peux me revoir. Je suis ton ami.

A.

Bien sûr que, mes résolutions, le moindre printemps les ferait fléchir – mais tant pis s'il n'est point de printemps.

Il était triste et donc injuste, j'ai barré tout ce qu'il disait…
mais j'ai gardé le dessin parce qu'il est tellement ressemblant…

Il n'est pas si méchant que ça, mais il est tellement mélancolique…

A.

LE PETIT PRINCE

Il était triste et donc injuste. J'ai barré tout ce qu'il disait...
mais j'ai gardé le dessin parce qu'il est tellement ressemblant...

LA FLEUR

Il n'est pas si méchant que ça, mais il est tellement mélancolique...

A.

Elle n'est jamais là quand on l'appelle… Le soir elle n'est jamais rentrée non plus… Elle ne téléphone pas… Je me brouille avec elle !

LE PETIT PRINCE

Elle n'est jamais là quand on l'appelle… Le soir elle n'est jamais rentrée non plus… Elle ne téléphone pas…
Je me brouille avec elle !

C'est triste... on ne pense pas à me téléphoner...
IV

LE PETIT PRINCE

C'est triste… on ne pense pas à me téléphoner…

Pardon ! J'écris à une amie qui m'a tout à fait oublié...
Alors ta lettre, c'est fini ou non ! Il faut maintenant que j' l'emporte...

LA LETTRE DU PETIT PRINCE

Et ce n'est pas très gentil de ne pas me téléphoner ou de ne pas venir me voir parce que, moi, je ne suis pas si oublieux et que je voudrais bien que…

L'OISEAU

Alors ta lettre, c'est fini ou non ! Il faut maintenant que je l'emporte…

LE PETIT PRINCE

Pardon ! J'écris à une amie qui m'a tout à fait oublié…

Petite fille j'ai essayé de vous téléphoner (par exemple hier soir, au numéro indiqué, jusqu'à 9h30, mais vous n'étiez pas rentrée. Ce n'est pas sérieux... Et puis ce matin à l'autre numéro et à 11h moins dix... et vous étiez déjà partie ! C'est encore moins sérieux...)

Je vous ai aussi envoyé un mot de quatre lignes mais vous n'avez pas accusé le coup. C'est pourquoi, petite fille invisible, je me suis inventé la petite fille ci-jointe dont je vais me faire une amie, comme du Petit Prince, et dont je vais raconter l'histoire. Et elle a des tas de choses ravissantes à me raconter elle aussi. Elle est toute mélancolique parce qu'elle ne sait pas encore que je suis pour elle un grand ami. Mais je crois que sur un des prochains dessins elle va sourire. (Et elle est bien plus gentille que vous !)

Dépêchez vous de me téléphoner si vous ne voulez pas que je sois tout à fait infidèle...

Petite fille j'ai essayé de vous téléphoner (par exemple hier soir au numéro indiqué, jusqu'à 9 h 30, mais vous n'étiez pas rentrée. Ce n'est pas sérieux… Et puis ce matin à l'autre numéro et à 11 heures moins dix… et vous étiez déjà partie ! C'est encore moins sérieux…).

Je vous ai aussi envoyé un mot de quatre lignes mais vous n'avez pas accusé le coup. C'est pourquoi, petite fille invisible, je me suis inventé la petite fille ci-joint dont je vais me faire une amie, comme du Petit Prince, et dont je vais raconter l'histoire. Et elle a des tas de choses ravissantes à me raconter elle aussi. Elle est toute mélancolique parce qu'elle ne sait pas encore que je suis pour elle un grand ami. Mais je crois que sur un des prochains dessins elle va sourire. (Et elle est bien plus gentille que vous !) Dépêchez-vous de me téléphoner si vous ne voulez pas que je sois tout à fait infidèle…

De maintenant cinq heures du soir jusqu'à l'heure où je m'endormirai je suis seul, parceque j'ai dit à tous mes amis que j'étais fatigué et que je ne voulais voir personne.

La petite fille pour laquelle j'ai si soigneusement réservé ce temps libre n'a même pas pris la peine de téléphoner qu'elle ne venait pas.

Je découvre avec mélancolie que mon égoïsme n'est pas si grand puisque j'ai donné à autrui le pouvoir de me faire de la peine.

Petite fille il est tendre de donner ce pouvoir. Il est mélancolique d'en voir user.

Les contes de fées c'est comme ça. Un matin on se réveille. On dit : "ce n'était qu'un conte de fées..." On sourit de soi. Mais au fond on ne sourit guère. On sait bien que les contes de fées c'est la seule vérité de la vie.

L'attente. Les pas légers. Puis les heures qui coulent fraîches comme un ruisseau entre les herbes sur des cailloux blancs. Les sourires. Les mots sans importance qui ont tellement d'importance. On écoute la musique du cœur : c'est joli joli pour qui sait entendre...

Bien sûr on veut beaucoup de choses. On veut cueillir tous les fruits et toutes les fleurs. On veut respirer toutes les prairies. On joue. Est-ce jouer? On ne sait jamais où le jeu commence ni où il finit. Mais on sait bien que l'on est tendre. Et l'on est heureux.

Je n'aime pas le climat intérieur qui a remplacé mon printemps :

De maintenant cinq heures du soir jusqu'à l'heure où je m'endormirai je suis seul, parce que j'ai dit à tous mes amis que j'étais fatigué et que je ne voulais voir personne.
La petite fille pour laquelle j'ai si soigneusement réservé ce temps libre n'a même pas pris la peine de téléphoner qu'elle ne venait pas.

Je découvre avec mélancolie que mon égoïsme n'est pas si grand puisque j'ai donné à autrui le pouvoir de me faire de la peine.
Petite fille il est tendre de donner ce pouvoir. Il est mélancolique d'en voir user.

Les contes de fées c'est comme ça. Un matin on se réveille. On dit : « Ce n'était qu'un conte de fées… » On sourit de soi. Mais au fond on ne sourit guère. On sait bien que les contes de fées c'est la seule vérité de la vie.

L'attente. Les pas légers. Puis les heures qui coulent fraîches comme un ruisseau entre les herbes sur des cailloux blancs. Les sourires, les mots sans importance qui ont tellement d'importance. On écoute la musique du cœur : c'est joli joli pour qui sait entendre…
Bien sûr on veut beaucoup de choses. On veut cueillir tous les fruits et toutes les fleurs. On veut respirer toutes les prairies. On joue. Est-ce jouer ? On ne sait jamais où le jeu commence ni où il finit, mais on sait bien que l'on est tendre. Et l'on est heureux.
Je n'aime pas le climat intérieur qui a remplacé mon printemps :

un mélange de déception, de sécheresse et de rancune. Je baigne dans ce temps usé où je n'ai plus rien à rêver. Le plus triste c'est, d'un chagrin, que l'on se demande « est-ce bien la peine... »

Est-ce bien la peine d'avoir ce chagrin pour qui ne songe même pas à prévenir ? Sûrement non. Alors on n'a même plus de chagrin et c'est plus triste encore.

Il n'y a pas de Petit Prince aujourd'hui, ni jamais. Le Petit Prince est mort. Ou bien il est devenu tout à fait sceptique. Un Petit Prince sceptique ce n'est plus un Petit Prince. Je vous en veux de l'avoir abîmé.

Il n'y aura plus de lettre non plus, ni de téléphone, ni de signe. Je n'ai pas été très prudent et je ne pensais pas que peu à peu je risquais là un peu de peine. Mais voilà que je me suis blessé au rosier en cueillant une rose.

Le rosier dira : quelle importance avais-je pour vous ? Moi je avec mon doigt qui saigne comme ça, un peu, et je réponds : aucune, rosier, aucune. Rien n'a d'importance dans la vie. (Même pas la vie.) Adieu, rosier.

A.

un mélange de déception, de sécheresse et de rancune. Je baigne dans ce temps vide où je n'ai plus rien à rêver. Le plus triste c'est, d'un chagrin, que l'on se demande « est-ce bien la peine... »
Est-ce bien la peine d'avoir ce chagrin pour qui ne songe même pas à prévenir ? Sûrement non. Alors on n'a même plus de chagrin et c'est plus triste encore.

Il n'y a pas de Petit Prince aujourd'hui, ni jamais. Le Petit Prince est mort. Ou bien il est devenu tout à fait sceptique. Un Petit Prince sceptique ce n'est plus un Petit Prince. Je vous en veux de l'avoir abîmé.

Il n'y aura plus de lettre non plus, ni de téléphone, ni de signe. Je n'ai pas été très prudent et je ne pensais pas que peu à peu je risquais là un peu de peine. Mais voilà que je me suis blessé au rosier en cueillant une rose.

Le rosier dira : quelle importance avais-je pour vous ? Moi je suce mon doigt qui saigne comme ça, un peu, et je réponds : aucune, rosier, aucune. Rien n'a d'importance dans la vie (même pas la vie). Adieu, rosier.

A.

Je puis bien écrire encore puisque c'est ma dernière lettre. Mais
j'écris couché et mes lignes s'en vont de travers, comme si j'avais
bu. Je n'ai bu qu'un peu de chagrin.

Ça m'ennuie que mon chagrin même soit abîmé. C'aurait
été mélancolique si vous n'aviez pu venir. Mais pour vous la vie
est difficile. Je ne vous en aurais pas voulu. Je vous en ai voulu
de me laisser attendre, et vous ne n'êtes pas venue. C'est le
moins joli de mes souvenirs. Il ne fallait pas abîmer mes
souvenirs.

Je voudrais effacer ça. Il me faut un autre dernier
souvenir. Voilà. Je me souviens d'avoir été berger. Je veillais
seul. On dormait à côté de moi toute ensevelie dans sa laine
comme une brebis. Et je posais la main sur la toison
de laine. Je veillais seul mon petit troupeau endormi.

Je posais la main sur le front tiède de la brebis.
Ça la protégeait contre la vie. C'est difficile, la vie. Mais
moi je connais bien les périls de mer. J'ai tant
bourlingué dans le monde. J'ai tant eu soif, froid et
peur. J'ai tant eu mal. Et puis aussi j'ai tant maraudé,
j'ai tant sauté de murs, j'ai tant volé de fruits
dans les vergers, je me suis tant promené avec
l'amour sous les étoiles. Et j'étais ce soir là
comme un vieux capitaine plein d'expérience à
bord d'un tout petit navire. Il fallait le conduire
vers le jour... Il fallait lui faire, jusqu'au jour,
douce la traversée de la nuit, comme de la mer.

Je disais au petit navire « vous êtes un bien
joli petit navire, un brave petit navire aussi. Et
je suis bien heureux d'avoir pu être, une fois, votre

Je puis bien écrire encore puisque c'est ma dernière lettre. Mais j'écris couché et mes lignes s'en vont de travers, comme si j'avais bu. Je n'ai bu qu'un peu de chagrin.
Ça m'ennuie que mon chagrin même soit abîmé. Ç'aurait été mélancolique si vous n'aviez pu venir. Mais pour tous, la vie est difficile. Je ne vous en aurais pas voulu. Je vous en ai voulu de me laisser attendre, et non de n'être pas venue. C'est le moins joli de mes souvenirs. Il ne fallait pas abîmer mes souvenirs.
Je voudrais effacer ça. Il me faut un autre dernier souvenir. Voilà. Je me souviens d'avoir été berger. Je veillais seul. On dormait à côté de moi tout enroulée dans sa laine comme une brebis. Et je posais la main sur la toison de laine. Je veillais seul mon petit troupeau endormi.
Je posais la main sur le front têtu de la brebis. Ça la protégeait contre la vie. C'est difficile, la vie. Mais moi je connais bien les périls de mer. J'ai tant bourlingué dans le monde. J'ai tant eu soif, froid et peur. J'ai tant eu mal. Et puis aussi j'ai tant maraudé, j'ai tant sauté de murs, j'ai tant volé de fruits dans les vergers, je me suis tant promené avec l'amour sous les étoiles. Et j'étais ce soir-là comme un vieux capitaine plein d'expérience à bord d'un tout petit navire. Il fallait le conduire vers le jour… Il fallait lui faire, jusqu'au jour, douce la traversée de la nuit, comme de la mer.
Je disais au petit navire « vous êtes un bien joli petit navire, un brave petit navire aussi. Et je suis bien heureux d'avoir pu être, une fois, votre

capitaine jusqu'au jour. »

Et je disais à la brebis, quand ça me plaisait mieux d'être berger, « vous êtes une bien jolie brebis. une brebis droite et courageuse. Et il est doux de poser la main sur votre laine. On a l'impression de bénir... »

Et puis quelquefois je rêvais que ce n'était ni une brebis, ni un petit navire. C'était une femme. Alors j'imaginais que j'en étais responsable comme d'une maîtresse — jusqu'au jour. Alors je disais « Dormez bien aimée... » Oh bien sûr ça ne voulait sans doute pas dire grand chose sinon que j'ai tellement l'amour de l'amour. Je lui disais « dormez... » et aussitôt je la réveillais. C'est comme ça, l'amour. Je lui disais « dormez... » et je la réveillais. Sans ça comment aurais-je pu l'endormir ?... Et quand je l'avais réveillée, oh je trichais ! Je pensais que l'on va aussi loin dans l'amour que dans le sommeil. Je voulais la faire voyager dans l'amour...

J'étais un peu le capitaine qui emmène son navire là où il ne faut pas, dans les étoiles, j'étais un peu comme le berger qui mange sa brebis, j'étais un peu un cambrioleur de sommeil...

Voilà l'histoire que j'ai rêvée pour m'inventer un souvenir, un dernier souvenir qui vaille la peine. Je sais bien que ce n'est pas vrai. Je sais bien que ce n'est qu'un rêve sans aucun sens. Je sais bien que je n'ai le droit d'être ni berger d'une brebis, ni capitaine d'un navire, ni berger d'un navire, ni capitaine d'une brebis... mais si ça me plaît, à moi, d'oublier son oubli et de m'inventer un souvenir ?

A.

capitaine jusqu'au jour. »
Et je disais à la brebis, quand ça me plaisait mieux d'être berger, « vous êtes une bien jolie brebis, une brebis droite et courageuse. Et il est doux de poser la main sur votre laine. On a l'impression de bénir… »
Et puis quelquefois je rêvais que ce n'était ni une brebis, ni un petit navire. C'était une femme. Alors j'imaginais que j'en étais responsable comme d'une maîtresse – jusqu'au jour. Alors je disais : « Dormez bien aimée… » Oh ! bien sûr ça ne voulait sans doute pas dire grand-chose sinon que j'ai tellement l'amour de l'amour. Je lui disais « dormez… » et aussitôt je la réveillais. C'est comme ça, l'amour.
Je lui disais « dormez… » et je la réveillais. Sans ça, comment aurais-je pu l'endormir ?… Et quand je l'avais réveillée, oh je trichais ! Je pensais que l'on va aussi loin dans l'amour que dans le sommeil. Je voulais la faire voyager dans l'amour…
J'étais un peu le capitaine qui emmène son navire là où il ne faut pas, dans les étoiles, j'étais un peu comme le berger qui mange sa brebis. J'étais un peu un cambrioleur du sommeil…
Voilà l'histoire que j'ai rêvée pour m'inventer un souvenir, un dernier souvenir qui vaille la peine. Je sais bien que ce n'est pas vrai. Je sais bien que ce n'est qu'un rêve sans aucun sens. Je sais bien que je n'ai le droit d'être ni berger d'une brebis, ni capitaine d'un navire, ni berger d'un

navire, ni capitaine d'une brebis… mais si ça me plaît, à moi, d'oublier son oubli et de m'inventer un souvenir ?

A.

Choix de lettres dessinées

1921-1943

établi et présenté par Alban Cerisier

Ce choix de lettres d'Antoine de Saint-Exupéry n'entretient pas de lien direct avec les Lettres à l'inconnue, *si ce n'est par l'usage du dessin qu'y fait l'écrivain. De tels divertissements épistolaires auraient presque pu passer pour accessoires si* Le Petit Prince *n'avait pas été illustré des aquarelles de son auteur, faisant du personnage créé par Antoine de Saint-Exupéry en 1943 le héros mélancolique de l'œuvre littéraire la plus traduite dans le monde autant qu'une silhouette dont la grâce enfantine est encore reconnue sous chaque latitude ! Comment dès lors ne pas chercher à déceler dans quelques-unes de ces « lettres dessinées » les prémices d'un chef-d'œuvre où le dessin et l'écriture se trouvent mêlés de façon si étroite et naturelle qu'on ne peut vraiment les dissocier ?*

Quand on a un petit talent dans l'art du croquis, il est tentant de ponctuer sa correspondance de saynètes burlesques ou de portraits pris sur le vif, permettant tantôt de transmettre agréablement à ses proches ce que l'on vient de vivre ou ce qu'on a eu sous les yeux, tantôt d'entretenir une joyeuse connivence, un climat de familiarité que l'éloignement raréfie. Et quand les mots justes ne viennent pas à la plume ou qu'il en faudrait de trop nombreux pour se faire entendre, le dessin vient à la rescousse, moins sujet aux malentendus que l'univers des signes.

En ce début de XXe siècle où l'échange de courriers est le moyen de communication le plus fréquent et où la photographie reste encore pleinement attachée à son développement argentique, cette alliance du dessin à la lettre est assez fréquente. Du reste, Antoine de Saint-Exupéry, lorsqu'il se représente sur ses propres dessins, les qualifie à plusieurs reprises de « photographies » (cf. l'illustration p. 44), non pour le réalisme de leurs traits (« Je ne sais pas dessiner » aurait dû être, à en croire un feuillet manuscrit récemment retrouvé, l'incipit, pour le moins paradoxal, du Petit Prince… *témoignage indirect de ce que l'écrivain n'avait pas de prétention artistique), mais par simple souci de marquer l'authenticité de leur intention et leur fidélité allusive à la vie vécue, ressentie. Me voilà tel que je suis, semble dire le dessin au nom de celui qui l'exécute sans jouer au portraitiste ; au point qu'Antoine de Saint-Exupéry, comme on l'aura vu ici même dans les* Lettres à l'inconnue *(où l'identification de l'auteur à sa créature est poussée au plus haut point) ou dans les lettres à son épouse Consuelo, finit par signer sa correspondance de la figure même du petit prince, comme s'il tenait à y apposer un sceau d'authenticité émotionnelle… Et il serait réducteur de n'y voir que l'œuvre d'un séducteur ou d'un cœur à consoler, soucieux de l'effet produit sur ses correspondantes pour exercer son emprise et obtenir son dû.*

Que nous apprennent ces dessins ponctuant la correspondance de l'écrivain, de ces jeunes années aux derniers jours de son existence ? On observera d'abord que le jeune Antoine de Saint-Exupéry y constitue un petit trésor de formes et de motifs, dans des dessins qui relèvent parfois de l'humour potache (même au plus profond de sa détresse morale, à New York comme à Alger, l'écrivain ne renoncera jamais à amuser la galerie), parfois d'une intention plus artistique ou descriptive, lorsqu'il s'agit par exemple de rendre compte à ses proches du caractère très extraordinaire de ses expériences d'élève-pilote puis d'aviateur sur la Ligne aéropostale. Telle manière stylisée, presque enfantine, de dessiner une paire de souliers, un pantalon bouffant, des cheveux au vent, un ciel étoilé, une fleur, un éléphant, une étendue de sable, un coucher de soleil, un personnage un peu grotesque… se retrouve, des années plus tard, dans les aquarelles du Petit Prince. *L'art simple, jusqu'à l'épure, qui caractérise celles-ci est autant le fruit d'une grande application et d'un labeur de plusieurs mois que la marque d'une singularité reconnaissable entre toutes et issue de cette première forge spontanée. On voit ainsi surgir, dans une lettre à sa sœur cadette, la petite tête d'un renard du désert, croisé dans la solitude du Sahara, qui deviendra l'une des figures clés du conte, délivrant le message consolateur de l'œuvre – lequel, au demeurant, n'est pas sans lien avec l'art du dessin tel qu'Antoine de Saint-Exupéry va bientôt le concevoir : « On ne voit bien qu'avec le cœur. L'essentiel est invisible pour les yeux. » Il faut remarquer enfin que la manière caricaturale à laquelle s'emploie également, ici ou là, l'apprenti dessinateur nourrira les portraits pittoresques jusqu'à l'outrance des personnages rencontrés par le petit prince au cours du premier tronçon de son voyage, de planète en planète.*

L'œuvre poétique et graphique a donc mûri secrètement pendant deux décennies dans cette pratique artistique récréative, aussi soignée qu'amusée. D'autres manuscrits de l'écrivain en témoignent : celui de Courrier Sud, *par exemple, offert à*

Louise de Vilmorin et conservé aujourd'hui à la Fondation Martin-Bodmer (Cologny, Suisse), est illustré des principales scènes du roman, tout comme les feuillets du projet d'adaptation cinématographique de ce même ouvrage, conservés dans une collection privée, et révélant des visages d'aviateurs où l'on reconnaît déjà certains traits remarquables du héros du conte.

Le deuxième enseignement de ce choix de lettres est que les dessins de Saint-Exupéry, à mesure que les années passent, se soustraient peu à peu à la contrainte de la ressemblance pour prendre un tour exclusivement allégorique. Il ne s'agit plus dès lors de tenter de saisir une réalité sensible telle qu'un miroir la renverrait ; mais bien de se créer un petit univers parallèle, peuplé de personnages inquiets et d'animaux familiers, auquel peu à peu, dans sa correspondance comme ailleurs, Antoine de Saint-Exupéry se rattache, comme autant de figures possibles non des choses elles-mêmes, mais du sentiment qu'on en a. Pas le monde en soi, mais le monde pour soi, au miroir de l'âme et comme projeté en un décor imaginaire. C'est ce que l'écrivain appelle « voir avec son cœur » – le cœur, foyer des sentiments – sans se prendre les pieds dans le tapis piégeux des choses et des mots hélas trop gonflés d'eux-mêmes.

Les dessins deviennent ainsi la figuration d'un monde intérieur (et non vraiment d'un monde rêvé ou idéal), une sorte d'univers parallèle plus ou moins chiffré, avec ses motifs récurrents, ses personnages ailés survolant un monde en flammes, ses collines herbeuses, ses jardins, ses regards perdus. Ils sont émotivement chargés et désignent un climat moral, issu parfois d'une expérience très concrète – comme par exemple le survol d'une France menacée par l'aviation allemande au printemps 1940. En ce sens, ils n'ont pas renoncé à représenter : mais ils ont l'ambition de donner à voir l'invisible, c'est-à-dire, en l'espèce, une détresse intérieure, une perplexité grandissante à l'égard du monde tel qu'il est (insondable et menaçant) et tel qu'il va (inquiétant), un sentiment de plus en plus pesant d'étrangeté, d'impuissance et de tristesse. Vous fréquentez Saint-Exupéry, semble dire l'épistolier à ses proches : mais celui que vous voyez vraiment ou qui vous parle, c'est celui que je dessine, avec ses angoisses, ses souvenirs, ses peines et ses joies. Et c'est lui que vous devez aimer, rassurer, comprendre, bercer. Comme l'aviateur portera attention au petit prince, quand le temps de la fable sera venu.

*Aussi voir le monde, pour Saint-Exupéry, ce n'est pas tenir le registre de ce qui se porte aux yeux et remplit continûment la conscience des êtres sensibles. Comme le petit prince en fait l'amère expérience, la Création est d'abord le lieu du multiple, du répétitif, de l'uniforme, de l'opaque, du mutique ; il est inhospitalier jusqu'au vertige. Il peut rendre fous ceux qui attendent de lui une marque de reconnaissance, de familiarité ou même le contentement de leurs désirs (le businessman, le vaniteux, le buveur...). C'est ce qu'un autre poète de sa génération, André Breton, auquel on sait pourtant qu'il s'opposa à New York, appelle la « grille de l'univers » qui, « dès que nous sommes seuls, joue pour nous duper sur la triste ressemblance des feuilles de tous les arbres » (*L'Amour fou, *1937). Ce sentiment sera d'autant plus partagé par les écrivains de cette génération que la société occidentale est en passe de devenir une société de masse et d'abondance, où la production en série et la concentration urbaine, et déjà la confrontation aux totalitarismes, menacent la perception de ce qu'il y a d'unique et d'irréductible en chacun – et qui fonde l'humanité. La* *conscience doit donc se ressaisir pour s'extirper de cette mauvaise passe.*

En se tenant à la frontière des deux mondes, celui de la conscience et celui du monde sensible, les dessins donnent une forme, des traits, un visage à cette manière singulière d'exister qui est celle de l'esprit et du cœur. C'est une expérience qui ne s'épuise ni ne se définit dans la contemplation, l'observation ou l'appropriation des richesses du monde, mais dans la projection d'une intériorité, d'un être historique, d'une subjectivité dans l'univers visible. En affranchissant peu à peu ses dessins de l'empire de la ressemblance voire de la représentation même de l'objet qu'ils sont censés reproduire, en jouant sur leur seul pouvoir de suggestion, Antoine de Saint-Exupéry cherche à rendre sensible que ce qui compte dans ce que nous voyons – et donc, par extension, dans tout ce qui nous lie aux choses et aux êtres –, c'est ce qu'ils sont pour nous et pour nous seuls. Cela n'enlève rien à la substance des choses inertes, à leur nature propre, ni à l'existence irréductible des autres consciences. Mais celles-ci ont en commun d'être « pour moi » autant que d'être « par et pour elles-mêmes ». Et c'est bien ce qui compte pour Antoine de Saint-Exupéry, le sauve de la désolation et fait tout le prix de la vie. Les amants se reconnaissent ainsi dans la relation qui les unit.

Voilà pourquoi le petit prince peut bien se contenter d'un dessin d'une boîte – percée de trois trous – pour son mouton ; voilà pourquoi, à sa suite, l'aviateur confie au lecteur que son plus beau dessin, le dessin le plus cher à son cœur, se limite à deux traits d'aquarelle faisant apparaître une dune de sable… et avec elle, un désert peuplé de l'absence de l'enfant perdu, emporté par la morsure du serpent. Un seul être vous manque et tout est repeuplé. Telle est la morale exigeante de l'écrivain, fallacieuse et insupportable aux uns, puissamment apaisante et consolatrice aux autres – les plus nombreux. Toujours est-il que le dessin met à distance le monde en le représentant ; et, ce faisant, il nous tend le véritable miroir de ce que nous sommes. Des êtres dont la grandeur peut consister à voir dans telle forme un éléphant avalé par un serpent boa là où d'autres ne verront qu'un chapeau.

Cette manière de miracle ne se limite pas à l'expression artistique ou poétique. Il n'est que révélé par elle, à la manière d'une parabole. Antoine de Saint-Exupéry, tout en affirmant que les êtres sensibles que nous sommes se distinguent radicalement de l'univers où ils sont plongés par la conscience qu'ils en ont et la liberté qui s'exprime dans leurs actes (c'est son humanisme), ne prêche pas un discours de séparatisme ou de détachement. Même mélancoliques, ses dessins imaginaires sont une invitation à se maintenir dans la compagnie des choses et des êtres. Prétendre que l'essentiel est invisible pour les yeux n'est pas un renoncement ni un aveu d'échec : c'est affirmer bien au contraire que le monde n'est pas un désert pour l'homme dans la mesure où celui-ci s'y projette, à sa mesure (celle de sa petite planète), en même temps qu'il est affecté par lui. C'est ainsi que les blés peuvent être des cheveux d'or et les étoiles scintillantes retentir des éclats de rire d'un enfant perdu. Et c'est ainsi que Billie Holiday peut chanter I'll be seeing you, *ce standard éternel de 1938 :* « I'll find you in the morning sun / And when the night is new / I'll be looking at the moon / But I'll be seeing you ».

Le soleil et la lune offrant la figure absente de l'être aimé… Un sentiment vieux comme le monde ! Grâce soit rendue à ce monde qui ne fait pas obstacle aux élans du cœur et qui sait recueillir nos souvenirs. Mais la vérité est que tout cela ne tient qu'à un fil. Les dessins de Saint-Exupéry sont empreints d'une grande fragilité, de cette vibration qui dit que rien n'est jamais assuré. La conscience peut à tout moment verser du mauvais côté des choses ou des mots, se laisser dériver dans l'oubli d'elle-même pour tenter de jouir de vaines richesses. Taciturne, repliée sur elle-même, elle peut se rendre insensible à cette grâce du monde qui lui renvoie son intériorité et peut faire de tout paysage un espace familier, hospitalier. Explorer l'univers, comme l'a fait à sa manière le pilote Antoine de Saint-Exupéry, c'est aller au bout de cette expérience, à la source même du ressaisissement : retrouver l'intime hors du foyer, à l'endroit de la plus grande désolation, du plus grand dénuement, de la plus tumultueuse tempête, aux plus hautes altitudes ou sous le feu ennemi. C'est le propre de l'aventure et les œuvres romanesques d'Antoine de Saint-Exupéry en révèlent autant l'intensité que l'intériorité. Éprouver le monde, c'est s'éprouver soi-même. Et c'est l'histoire même du petit prince, ce qui le fait revenir à sa rose, après avoir éprouvé dans sa chair d'être de papier, et pleurer de ses larmes invisibles, la démesure, l'uniformité et la sécheresse affligeantes du monde.

« Il ne faut pas apprendre à écrire mais à voir », confiait le jeune Antoine de Saint-Exupéry à son amie Renée de Saussine dans une lettre et en marge d'un petit portrait qu'il lui avait offert. La pratique du dessin a joué un rôle clé dans cet apprentissage. En élève appliqué de Marie de Saint-Exupéry, sa maman artiste, le jeune homme s'est d'abord attaché à bien représenter son monde familier, avec ses modestes dispositions, pour se préserver d'images verbales fallacieuses, sur lesquelles

rien d'authentique ne lui paraissait pouvoir être gagé. Mais il a renoncé assez tôt à cet exercice à la manière réaliste. Et plutôt que de dessiner à la perfection des avions ou des paysages exotiques connus des seuls aventuriers (personne ne s'en serait étonné), il a fait naître sous ses crayons des êtres ailés (un avion, c'est un homme qui vole avant d'être une machine), des prairies de fleurs-étoiles et des personnages de légende, qui sont venus occuper les marges de ses manuscrits et de sa correspondance, au point de devenir ses doubles, au point de se faire œuvre. À sa manière poétique, il s'est attaché à rendre visible l'essentiel, c'est-à-dire, selon cet idéaliste de cœur qui fut un homme engagé dans le monde, l'invisible dans le visible, l'esprit dans la glaise – l'un aussi vrai que l'autre. Le dessin fut un trait d'union symbolique entre le domaine des sentiments et celui des choses, entre l'univers des adultes et celui des enfants, entre le présent et le passé (« Ces dessins, ce sont des souvenirs »), entre l'amant et l'aimée, entre l'aviateur et le petit prince, entre Saint-Exupéry et ses correspondants, entre Saint-Exupéry et ses lecteurs. Ils ont permis d'ouvrir les yeux ; charge à eux de mieux voir en retour, riches de cette tendre révélation d'un homme qui aimait autant dessiner que raconter des histoires.

Ce n'est pas le hasard qui a fait du petit prince un être de mots et de couleurs.

ALBAN CERISIER

Extrait d'une lettre d'Antoine de Saint-Exupéry à son ami Charles Sallès, Casablanca, 1921-1922 : « J'aurais dû t'écrire depuis longtemps. Je l'ai d'ailleurs fait. Mais j'oublie toujours d'envoyer les lettres. À preuve que les voilà / Je fais ces jours-ci une période de pilotage. Je t'envoie ma photo en haut discutant. »

À MARIE DE SAINT-EXUPÉRY

Marie de Saint-Exupéry, née de Boyer de Fonscolombe (1875-1972), mère d'Antoine de Saint-Exupéry.

I. Strasbourg, mai 1921

Affecté pour son service militaire au 2e régiment d'aviation à Strasbourg en avril 1921, Antoine de Saint-Exupéry, alors âgé de vingt ans, ne peut commencer sa formation de pilote à l'Armée sans obtenir au préalable son brevet civil. Il doit donc d'abord se contenter d'accompagner des aviateurs en vol, ce qui en soi est déjà une belle expérience – comme en témoigne cette lettre à sa chère maman, où s'exprime, outre l'esprit revanchard de l'époque, le grand renversement de perspective et de sens qui s'ouvre à celui qui a le privilège de pouvoir observer la planète d'en haut... Une révélation pour le jeune homme aventureux comme pour le futur écrivain.

Ma chère maman,

Je viens de voir le capitaine de Billy qui a été charmant et qui, débordé par tous les préparatifs que l'on fait ici en cas d'alerte, me charge de vous répondre.

Il trouve *bonne* mon idée de brevet civil, mais veut auparavant :

1. Que je passe *demain* la visite et la contre-visite médicale :
2. En parler au commandant pour les renseignements au sujet de la compagnie civile, etc.

J'ai bon espoir que tout aboutira et alors je vous préviendrai.

Je descends d'un Spad-Herbemont, complètement retourné. Mes notions d'espace, de distances, de direction ont sombré là-haut dans la plus pure incohérence. Quand je cherchais le sol, tantôt je regardais au-dessous de moi, tantôt au-dessus, à droite, à gauche. Je me croyais très haut et brusquement j'étais rabattu vers le sol par une vrille verticale. Je me croyais très bas et j'étais aspiré par mille mètres en deux minutes par les 500 chevaux du moteur. Ça dansait, tanguait, roulait... Ah ! la la !

Demain, je monte avec le même pilote et à cinq mille mètres d'altitude, bien au-dessus de la mer de nuages. On engage un combat aérien avec un autre appareil piloté par un autre ami. Alors les vrilles, les loopings, les retournements vont m'arracher de l'estomac tous les déjeuners de l'année. Je ne suis pas encore mitrailleur et c'est grâce aux connaissances que je me

suis faites que je monte. Hier, il soufflait un vent de tempête et pleuvait une pluie pointue qui piquait la figure à 280 et 300 kilomètres à l'heure. Indépendamment du brevet civil, je pense commencer le 9 mon apprentissage de mitrailleur.
Hier, grande revue des appareils de chasse.
Les Spad monoplaces, minuscules et bien astiqués. Alignés tout le long des hangars avec de jolies petites mitrailleuses neuves sous la croupe – car depuis trois jours on monte les mitrailleuses – les Hanriot, des bolides ventrus, et les Spad-Herbemont, les rois actuels, à côté desquels aucun avion n'existe, l'air méchant avec leur profil d'aile pareil à un sourcil froncé…
Vous n'avez pas une idée de ce qu'un Spad-Herbemont a l'air mauvais et cruel. C'est un avion terrible. C'est ça que j'aimerais à piloter avec passion. Ça tient dans l'air comme un requin dans l'eau, et ça y ressemble au requin ! Même corps bizarrement lisse. Même évolution souple et rapide. Ça tient encore l'air, vertical sur les ailes.
Bref, je vis dans un grand enthousiasme, et ce me serait une déception amère que d'être recalé demain à mon examen physique.
Ce tableau d'un art sobre représente le combat aérien de demain. [*dessin*]
À voir cet alignement d'avions, à entendre ronfler tous les moteurs que l'on met au point, à respirer cette bonne odeur d'essence, on se dit : « Les Boches paieront. »
Au revoir, maman chérie, je vous embrasse de tout mon cœur.
Votre fils respectueux,

Antoine

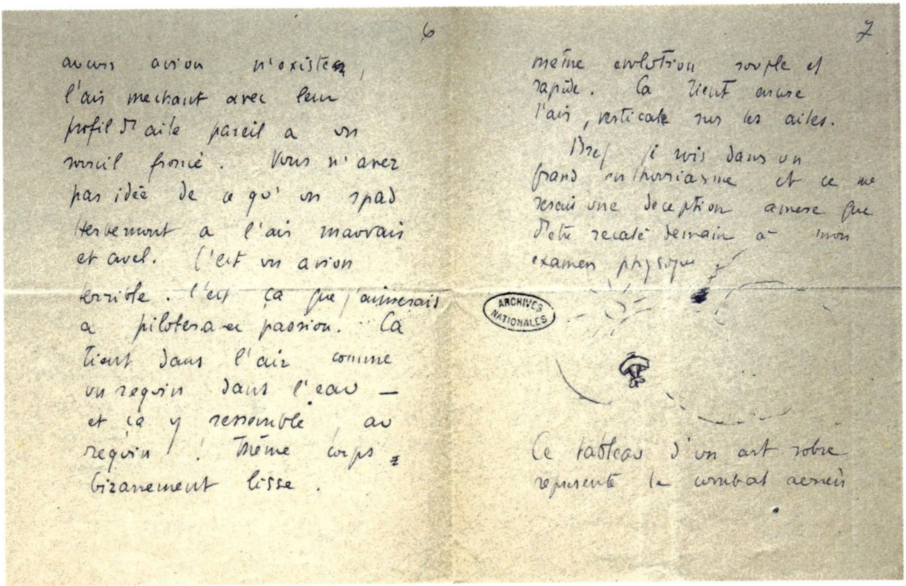
6

aucun avion n'existera,
l'air méchant avec leur
profil d'aile pareil à un
sourcil froncé. Vous n'avez
pas idée de ce qu'un Spad
Herbemont a l'air mauvais
et cruel. C'est un avion
terrible. C'est ça que j'aimerais
à piloter avec passion. Ça
tient dans l'air comme
un requin dans l'eau —
et ça y ressemble au
requin ! Même corps
bizarrement lisse.

7

même évolution souple et
rapide. Ça tient encore
l'air, verticale sur les ailes.
Bref je vis dans un
grand enthousiasme et ce me
serait une déception amère que
d'être recalé demain à mon
examen physique.

ARCHIVES NATIONALES

Ce tableau d'un art sobre
représente le combat aérien

I. Strasbourg, mai 1921

II. Casablanca, 1921

Son brevet civil de pilotage en poche, Antoine de Saint-Exupéry rejoint en juillet 1921 le groupe de chasse du 37ᵉ régiment d'aviation près de Casablanca, au Maroc. Il s'y lie alors, via son ancien camarade de classe de la Villa Saint-Jean à Fribourg (Suisse), Marc Sabran, au capitaine Pierre Priou, haut-commissaire aux Affaires indigènes du Maroc, le « plus exquis des hommes ». C'est au Maroc qu'il obtient son brevet de pilote militaire, le 23 décembre 1921 ; il s'y ennuie aussi beaucoup, se languissant de ses proches. Le dessin est alors l'une de ses occupations favorites, comme en témoigne le Carnet de Casablanca, *cahier de dessins révélé en 2006.*

Maman chérie,
Comment allez-vous dans votre Divonne lointaine ?
Moi, ça va à peu près. Je vole beaucoup ces temps-ci, presque une heure de moyenne par jour.
Vos lettres sont la seule attente de journées vides. Je n'ai guère de courage pour rien. Toujours cette angoisse de ne savoir vers quoi me tourner, l'architecture c'est si long, si long et je ne crois guère en moi.
Parlerais-je ? Vers, dessins, tout ça dort au fond de ma cantine, qu'est-ce que ça valait, pas grand-chose. Je ne crois pas en moi.
Pays de malheur. Pas un ami. Pas un être avec qui parler. Je n'ai pas échangé dix mots des conversations que j'aimais. Et encore, ce pot avec Sabran la seule fois que j'allai à Rabat. [...]
J'avais bien espéré aller à Fez du temps que les Brault y étaient. Maintenant, ce serait fou.
Quant aux triangles en avion, ça ne compte pas on atterrit dix minutes à Ber-Rechid, Rabat ou autres lieux, le temps de faire signer ses papiers, souffler un peu et prendre de l'essence. Puis on remonte solitaire dans la carlingue pour se battre avec les remous.
Prochainement, je partirai.
Ma petite maman, si vous me voyiez le matin, emmitouflé comme un esquimau et pesant comme un pachyderme, vous ririez...

J'ai un passe-montagne qui ne s'ouvre que sur les yeux – genre cagoule – et encore, sur lesdits yeux, j'ai des lunettes…
Un large foulard autour du cou (foulard de l'oncle), votre jersey blanc et sur le tout une combinaison fourrée. Des gants énormes et deux paires de chaussettes dans mes vastes chaussures. [*dessin*]

[Antoine]

encore sur les dits yeux j'ai
des lunettes ...

Un large foulard autour
du cou (foulard de l'oncle) —
notre Jersey blanc et sur
le tout une combinaison
fourrée — Des gants énormes
et deux paires de chaussettes
dans mes vastes chaussures

Casablanca

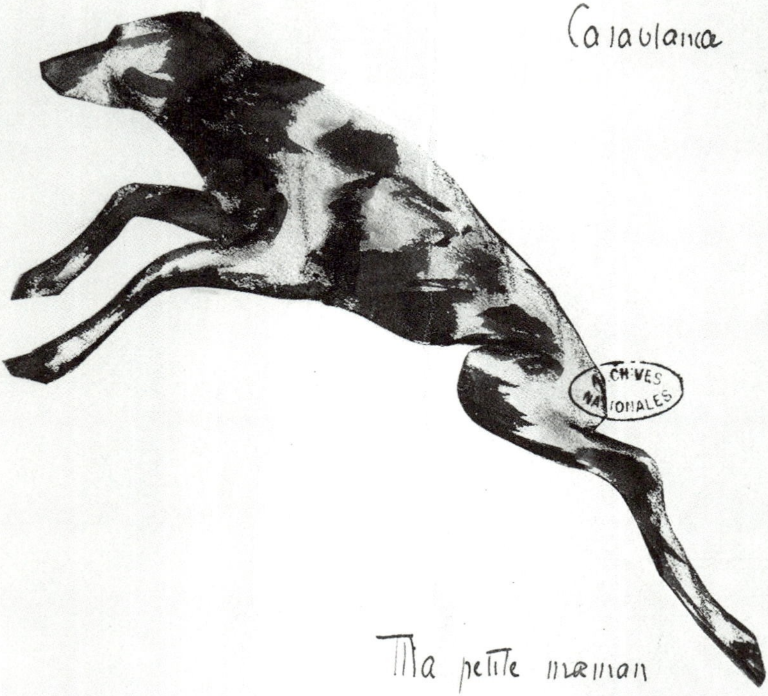

Ma petite maman

Vous êtes une adorable maman. J'ai eu un plaisir de gosse à ouvrir votre paquet. J'en ai sorti des trésors...

Seulement les journaux nous disent qu'il fait froid là-bas ! Comment vivez vous ? — Ici un

III. Casablanca, 1921

Ma petite maman,

Vous êtes une adorable maman. J'ai eu un plaisir de gosse à ouvrir le paquet. J'en ai sorti des trésors…

Seulement les journaux nous disent qu'il fait froid là-bas ! Comment vivez-vous ? Ici, un temps clément. Il ne pleut pas et le soleil luit doucement.

Je vous avais envoyé pour Noël des photos de moi et des croquis, mais jamais vous ne m'en avez parlé, maman. Tout cela s'est-il perdu ? Je vous en supplie, dites-le-moi ! Et aussi, comment sont mes croquis !

J'ai dessiné hier un chien d'après nature qui n'est pas mal, je l'ai découpé et collé. Comment est-il ?

Ces temps-ci, des vols épatants. Ce matin surtout. Mais plus de voyages. Il y a quinze jours, j'ai été à Kasba Tadla qui est la frontière. À l'aller tout seul dans mon zinc, j'ai pleuré de froid, pleuré ! J'étais très haut à cause des hauteurs à passer et malgré ma combinaison fourrée, mes gants fourrés, etc., j'aurais atterri n'importe où si ça avait dû durer longtemps encore. À un certain moment j'ai mis vingt minutes pour mettre ma main dans ma poche et en sortir ma carte que je croyais savoir suffisamment et avais négligé d'installer dans le zinc. Je me mordais les doigts tellement ils me faisaient mal. Et mes pieds…

Je n'avais plus aucun réflexe et mon zinc s'embarquait dans tous les sens. J'étais une pauvre chose misérable et lointaine.

Le retour, après un déjeuner somptueux, fut au contraire merveilleux. Réchauffé et remonté, dédaigneux des points de repère, routes et villes, je suis parti tout droit, comme un jeune dieu, à la boussole. J'avais mis 2 h 40 pour aller, un peu moins pour revenir. Les remous violents me trouvaient d'airain et quand, de loin, j'ai découvert Casablanca, j'ai eu l'orgueil des croisés quand ils virent Jérusalem. Le temps était merveilleux j'ai aperçu Casablanca à quatre-vingts kilomètres de distance ! (de Saint-Maurice [*de Rémens*] à Bellegarde).

Que vous a dit Brault de mes écoles ?

Je vous arriverai probablement dans le courant de février, même si je suis recalé ou si je démissionne, car dans ce cas j'irai faire un ou deux mois de Nieuport à Istres, près de Marseille, et dès mon débarquement partirai en permission de vingt jours ou de un mois.

Vous tuerez le veau gras…

Au revoir ma petite maman, je vous embrasse, écrivez-moi.

Votre fils respectueux,

Antoine

« Je ne sais pas dessiner… Zut ! » Lettre à Marie de Saint-Exupéry, 1921.

À SIMONE DE SAINT-EXUPÉRY

Simone de Saint-Exupéry (1898-1978),
sœur aînée d'Antoine de Saint-Exupéry, archiviste-paléographe.

Oh ma sœur

Je ne te blesserai pas de reproches pointus comme tu ne manques pas de le faire chaque fois qu'il m'arrive quelque chose de ce genre ... Encore que cet échec soit vexant (combien de recalés ?) Tu n'as rien foutu : tu es punie, c'est la justice céleste.

Ce que je veux te dire c'est que ta vie est non dans un célibat austère mais dans les joies de la maternité, que maman va recevoir en pension trois grands anglais élégants, bien mis et intelligents, qui viennent d'un pays où on ne court pas après les dots etc., amène-toi donc.

Tu peux en décrocher un. Tu n'es pas haïssable. Tu as du chic, tu as de l'esprit quand tu veux et tu es jolie quand tu ne rentres pas la tête dans tes épaules. Quelqu'un m'a dit de toi (un homme) "Ce n'est pas une de ces femmes avec qui on n'aimerait pas coucher", c'est délicat, c'est spontané, c'est plein de tact.

Donc : épouse un de ces anglais ... — occasion unique. Fais la charmante, ondule, fais des grâces. Tu seras une épouse modèle et fichera la paix aux manuscrits qui ne t'ont rien fait. Crois-moi ta vie sera douce et parfumée. Donc viens

ton frère qui t'aime immédiatement
(d'ailleurs maman te veut immédiatement)

Antoine

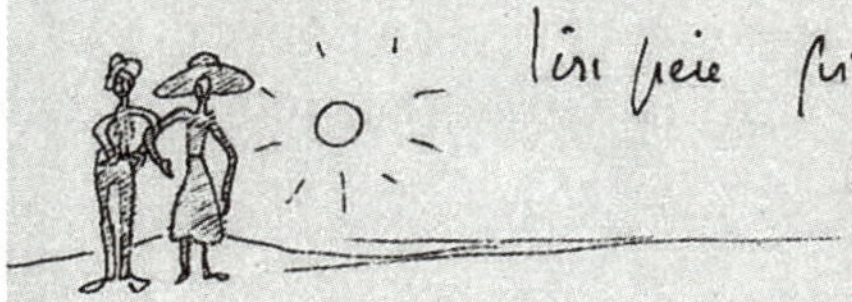

Lyon ou Saint-Maurice de Rémens, 1921

La sœur d'Antoine de Saint-Exupéry s'est préparée au concours d'entrée à l'École nationale des chartes, où sont formés les archivistes français. Elle y sera reçue en novembre 1922 et en sortira quelques années plus tard avec le diplôme d'archiviste-paléographe. On perçoit ici les réticences d'époque d'un frère plus soucieux de l'avenir matrimonial de sa sœur aînée que de son plein épanouissement intellectuel et professionnel...

Oh ! ma sœur,

Je ne te blesserai pas de reproches pointus comme tu ne manques pas de le faire chaque fois qu'il m'arrive quelque chose de ce genre... Encore que cet échec soit vexant (combien de recalés ?). Tu n'as rien foutu : tu es punie, c'est la justice céleste.

Ce que je veux te dire, c'est que ta voie est non dans un célibat austère mais dans les joies de la maternité, que Maman va recevoir en pension trois grands Anglais élégants, bien mis et intelligents, qui viennent d'un pays où on ne court pas après les dots, etc., alors amène-toi donc.

Tu peux en décrocher un. Tu n'es pas haïssable. Tu as du chic, tu as de l'esprit quand tu veux et tu es jolie quand tu ne rentres pas ta tête dans tes épaules. Quelqu'un m'a dit de toi (un homme) : « Ce n'est pas une de ces femmes avec qui on n'aimerait pas coucher. » C'est délicat, c'est spontané, c'est plein de tact.

Donc : épouse un de ces Anglais... – occasion unique. Fais la charmante, ondule, fais des grâces. Tu seras une épouse modèle et ficheras la paix aux manuscrits qui ne t'ont rien fait. Crois-moi ta vie sera douce et parfumée.

Donc viens immédiatement (d'ailleurs Maman te veut immédiatement).

Ton frère qui t'aime,

Antoine

À CHARLES SALLÈS

Charles Sallès (1900-1998), ami d'enfance d'Antoine de Saint-Exupéry, condisciple à la Villa Saint-Jean de Fribourg (Suisse).

I. Casablanca, décembre 1921-janvier 1922

À Casablanca, où il accomplit son service militaire en qualité de pilote affecté au groupe de chasse du 37e régiment d'aviation, Antoine de Saint-Exupéry éprouve de la nostalgie pour la vie parisienne de ses années étudiantes, comme il le confie à son grand ami Charles Sallès, avec lequel il restera toute sa vie en relation.

Très cher,
J'ai des remords
d'affreux remords.
J'ai hésité longtemps entre trois ou quatre entrées en matière.
Modèle I (mensonge cynique)
« Pourquoi, diable, n'as-tu pas répondu à mes trois lettres ? »
Modèle II (mensonge tempéré)
« Il y a bien longtemps que nous ne savons rien l'un de l'autre. N'aurais-tu pas reçu ma dernière lettre ? »
Modèle III (mensonge imprudent)
« Tu sais, les lettres que tu m'as écrites à Strasbourg, il y a six mois et où tu me reprochais mon silence, eh bien, je ne les ai jamais reçues ! »
Modèle IV (modèle de franchise, symptôme d'une âme vraiment belle)
« J'ai des remords…
d'affreux remords. »
Je l'ai choisi à cause d'« âme vraiment belle » et puis, aussi, parce que c'est vrai. J'ai beau chercher, je ne trouve pas une excuse. Mon silence à l'égard de toi, un de mes meilleurs amis, est impardonnable. C'est tout de même un peu la faute du métier, du moins ça l'était quand j'étais mécano, car maintenant, comme pilote, je n'ai qu'à dormir toute la journée. Pardonne-moi, reprenons des relations épistolaires suivies. Tu dois avoir mille choses à me dire et d'abord, ton opinion sur la Ville – sur ce chef-d'œuvre d'art et de vie qui trépide place de l'Opéra et meurt sur les quais, parmi les feuilles mortes et les vieux

romans démodés de nos grands-mères que les bouquinistes s'obstinent à vendre.
Paris… Il faut te promener des heures, tout seul du côté de Notre-Dame. Il faut aller à grands pas dans la brume quand les arbres un à un se révèlent. Il faut aller au théâtre. Il faut aller canoter au Bois. Il faut goûter chez Rumpelmayer et déjeuner chez Poccardi. Il faut… car voici six mois que j'en suis sevré. Parle-m'en !
Casablanca me dégoûte profondément.
Heureusement, la ville arabe est là. Entourée d'un haut mur, elle défend ses petites échoppes claires et ses étalages multicolores, ses marchands de gâteaux qui promènent dans les rues leurs grands plats de cuivre et t'offrent des meringues rouge vif ou du nougat bleu. Et surtout (et c'est tout ce que j'aime), les marchands de babouches, babouches d'argent, babouches d'or que ne chausserait pas Cendrillon – et qui attendent…
Les petits Arabes comme des fils de rois vont, habillés de somptueuses toges de couleur et jouent, assis dans les ruelles avec de petites filles aux longs voiles.
Ils sont éveillés – charmants – et pullulent.
Les environs, par contre, donnent une idée exacte du néant. Dans un de ses tableaux célèbres du Salon des indépendants, Francis Picabia, dadaïste notoire, écrivait pour éclairer le public « emplacement du vide ». Cette association de mots géniale s'applique assez bien au bled de par ici.
C'est beau, mais c'est triste. [*dessin*]
Donc j'attends de toi mille détails.
Je suis revenu de mes errements passés, c'est-à-dire du noir cafard qui me rendit silencieux et attends de toi des pages et des pages.
Je vole chaque jour avec volupté, mais si haut que je monte, je n'aperçois pas les côtes de France. Qu'une lettre de toi me rappelle, au moins que, si j'ai paru les oublier, mes amis, plus fidèles ne m'oublient pas.
Ton vieil ami

Antoine

Section d'entraînement
37e régiment d'aviation
Casablanca
(Maroc)

Je barre. Le renseignement aurait pu te vexer, ô élève de Wahl.

assis dans les ruelles avec les petites filles aux longs voiles —

— Ils sont éveillés, charmants et pullulent —

Les environs par contre donnent une idée exacte du néant. Dans un de ses tableaux célèbres du salon des indépendants, Francis Picabia, dadaïste notoire, écrivait pour éclairer le public « emplacement du vide. » Cette association de mots géniale s'applique assez bien au bled de par ici.

C'est beau mais c'est triste —

Donc j'attends de toi

Cher vieux Charles

Je rentre de Casablanca et trouve ta lettre. Je t'écris sur ce beau papier où à la terrasse d'un café j'ai dessiné deux mendiants d'Alicante. Sont-ils mignons ?

Je ne t'envoie qu'un petit mot car j'ai huit heures de vol hier, neuf aujourd'hui et par un temps si effrayant qu'un de mes camarades a perdu hier son passager. Il a passé par-dessus bord. Moi-même ai trois fois dépassé de toute la tête le plan supérieur ! Ce n'est plus du pilotage mais de la poésie et prière...

J'ai 4000 kilomètres en 4 jours dans ces conditions — juge de mon abrutissement de ce soir !

Je vais partir pour Dakar faire la ligne — 2800 kilomètres en diligence où la panne ne pardonne guère. J'espère que les dieux me seront doux.

je t'écrirai dès que je serai reposé. Pardonne à ma grande fatigue.

Ce petit mot juste pour te dire ma vieille amitié et que tu m'écrives avant mon départ. (Je pars incessamment)

Et que penses-tu de mes beaux dessins ?

Ton vieil

Antoine

13 rue d'Alsace Lorraine Toulouse

Je relis cette lettre de somnambule. Pardonne la nuit je n'en puis plus le soir.

II. Alicante, janvier 1927

Cher vieux Charles,

Je rentre de Casablanca et trouve ta lettre. Je t'écris sur ce beau papier où de la terrasse d'un café j'ai dessiné deux mendiants d'Alicante. Sont-ils mignons ?

Je ne t'envoie qu'un petit mot car j'ai huit heures de vol hier, neuf aujourd'hui et par un temps si effrayant qu'un de mes camarades a perdu hier son passager. Il a passé par-dessus bord. Moi-même, ai trois fois dépassé de toute la tête le plan supérieur ! Ce n'est plus du pilotage mais de la poêle à frire…

J'ai 4 000 kilomètres en quatre jours dans ces conditions – tu juges de mon abrutissement de ce soir !

Je vais partir pour Dakar faire la ligne – 2 000 kilomètres en dissidence où la panne ne pardonne guère. J'espère que les dieux me seront doux.

Je t'écrirai dès que je serai reposé. Pardonne à ma grande fatigue.

Un petit mot juste pour te dire ma vieille amitié et que tu m'écrives avant mon départ. Je pars incessamment.

Et que penses-tu de mes beaux dessins ?

Ton vieil

Antoine

13, rue d'Alsace-Lorraine Toulouse

Je relis cette lettre de somnambule. Pardonne-la-moi, je n'en puis plus ce soir.

À MARIE-MADELEINE DE SAINT-EXUPÉRY

Marie-Madeleine de Saint-Exupéry (1897-1926), dite Bébé, Biche ou Mimma, sœur aînée d'Antoine de Saint-Exupéry

Boussac (Creuse), 1925

La sœur aînée d'Antoine de Saint-Exupéry souffre de tuberculose ; elle décédera avant sa trentième année, le 2 juin 1926, dans la demeure familiale de Saint-Maurice-de-Rémens, dans l'Ain. C'est le deuxième décès dans la fratrie de l'écrivain, son frère François ayant succombé dix ans plus tôt d'un rhumatisme articulaire, alors qu'il n'était qu'un enfant. À l'époque de cette lettre, Antoine de Saint-Exupéry, qui n'a encore rien publié, est alors représentant de commerce pour les camions Saurer dans le centre de la France. Une exploration de la province française qui ne manque pas d'inspirer l'apprenti dessinateur… et peut-être aussi le futur auteur du Petit Prince, *qui marque un intérêt certain pour le modeste observatoire de l'abbé Théophile Moreux, célèbre astronome et vulgarisateur de son temps, dont la construction dans le style mauresque s'est achevée en 1909 à la périphérie de Bourges, rue Ranchot.*

[Hôtel Aucouturier]
[Boussac, le] aujourd'hui [1925]

Ma vieille Mimma,
Il fait un doux soleil et moi je fais des kilomètres. J'ai débarqué hier à minuit dans un tout petit patelin et comme j'ai mes deux roues crevées j'attends qu'on les ait réparées et je t'écris.
Figure-toi qu'une énorme chouette, ou un grand duc ?, s'est pris hier dans la lumière de mes phares et que j'ai fait la course avec lui pendant presque un kilomètre. Je n'en avais jamais vu voler de si près ni si bien éclairé – à dix mètres de moi peut-être – c'était lourd et silencieux. Et puis il s'est perché sur un arbre.
Quelquefois on fait la course avec des lapins et des lièvres.
J'ai le cafard de te penser toujours malade et dans ton pays de neige. Je voudrais savoir comment tu vas ma pauvre vieille sœur chérie.
Ta sœur Simone a été très heureuse parce que je lui ai donné cinquante francs. Elle se promène maintenant d'un air fier depuis qu'elle est riche. Comme elle est fate.

Je voudrais te faire un petit cadeau mais ne sais pas ce qui te plairait. Écris-le moi à Paris (70 *bis*, boulevard d'Ornano) quelque chose dans les cinquante francs.
Je t'écris au crayon parce que mon stylo est vide et que dans ce pays de malheur on ne trouve pas d'encre.
J'ai une drôle de vie à ne jamais coucher deux jours sous le même toit. Ici je suis très mal. Il fait un froid de canard. Ma chambre a l'air d'une sacristie à cause de l'édredon rouge couvert de dentelles. Voici le portrait de la patronne et celui du patron. [*dessin*]
Figure-toi qu'à Bourges je n'ai pas pu faire la connaissance de l'abbé Moreux absent mais que j'ai fait celle de sa mère qui est une brave vieille paysanne avec de l'accent. L'observatoire est une ravissante vieille villa qui a l'air d'un petit temple hindou et qui est couvert de vigne vierge. Quelque chose dans ce genre [*dessin*], je ne me souviens pas bien. C'est tout petit.
Je t'embrasse bien tendrement. Je te réécrirai après-demain.
Ton vieil ami,

Antoine

Ta sœur Simone a été bien heureuse
parce que je lui ai donné cinquante francs —
elle se promène maintenant d'un air fier
depuis qu'elle est riche comme elle est fate.

Je voudrais te faire un petit cadeau mais
ne sais pas ce qui te plairait. Écris le moi
à Paris (70 bis Bd Ornano) quelque chose dans
les 50 francs —

Je t'écris au crayon parce que mon stylo
est vide et que dans ce pays de malheur on
ne trouve pas d'encre —

J'ai une drôle de vie à ne jamais coucher
deux jours sous le même toit. Ici je suis très mal.
Il fait un froid de canard. Ma chambre a
l'air d'une sacristie à cause de l'édredon
rouge couvert de dentelles. Voici le portrait de
la patronne

et celui du patron

TÉLÉPHONE 10

HOTEL AUCOUTURIER

BOUSSAC
(Creuse)

ÉLECTRICITÉ

GARAGE POUR AUTOS

R. C. CHAMBON 311

Boussac, le 192

Figure-toi qu'à Bourges je n'ai pas pu faire la connaissance de l'abbé Moreux absent mais que j'ai fait celle de sa mère qui est une brave vieille paysanne avec de l'accent. L'observatoire est une ravissante petite villa qui a l'air d'un petit temple hindou et qui est couvert de vigne vierge.

Quelque chose dans ce genre, je ne me souviens pas bien. C'est tout petit —

Je t'embrasse bien tendrement je te récrirai après-demain

Ton vieil ami

À HENRY DE SÉGOGNE

Henry de Ségogne (1901-1979),
ami d'Antoine de Saint-Exupéry,
ancien condisciple au lycée Saint-Louis.

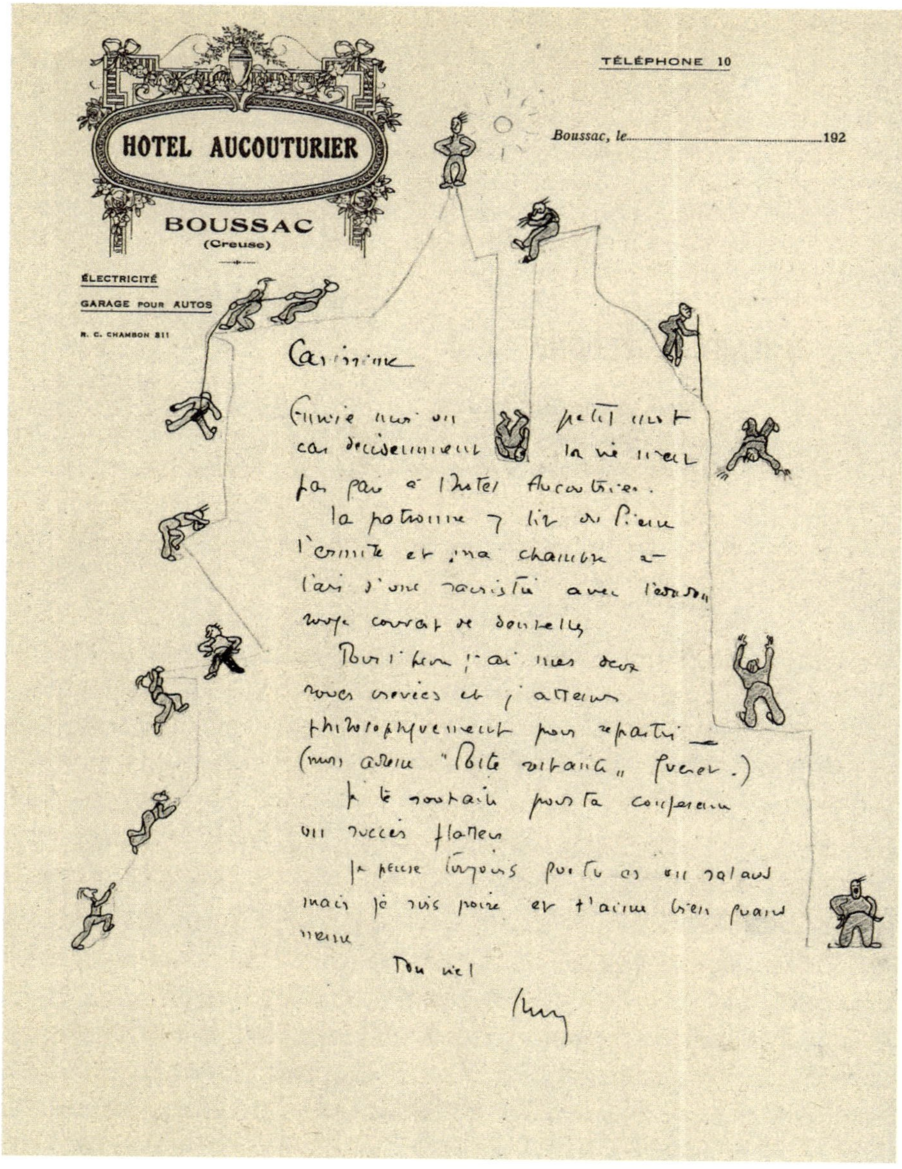

HOTEL AUCOUTURIER

BOUSSAC

(Creuse)

ÉLECTRICITÉ

GARAGE POUR AUTOS

R. C. CHAMBON 311

TÉLÉPHONE 10

Boussac, le 192

Carissime

Envoie-nous un petit mot car décidément la vie n'est pas gaie à l'hôtel Aucouturier.

La patronne y lit du Pierre l'Ermite et ma chambre a l'air d'une sacristie avec l'édredon rouge couvert de dentelles

Pour l'heure j'ai mes deux roues crevées et j'attends philosophiquement pour repartir —
(nous avons "Boîte vivante" [illegible].)

Je te souhaite pour ta conférence un succès flatteur

Je pense toujours que tu es un salaud mais je suis poire et t'aime bien quand même

Ton vieil

Guy

I. Boussac (Creuse), 1925

Représentant de commerce pour les camions Saurer, Antoine de Saint-Exupéry profite de ses moments d'ennui pour écrire à ses proches, et en particulier à son grand ami Henry de Ségogne. Cet ancien condisciple des classes préparatoires au lycée Saint-Louis, alors fonctionnaire à la Cour des comptes, s'était découvert une véritable vocation d'alpiniste, ouvrant dès le milieu des années 1920 des voies alpestres vertigineuses avec ses amis Jacques et Tom de Lépiney, Jacques Lagarde et Pierre Dalloz. C'est à ces exploits (face nord de l'aiguille du Plan ; pointe Lagarde ; aiguille Verte par l'arête des Grands-Montets...), contrastant avec la grande platitude de son existence d'alors, qu'Antoine de Saint-Exupéry fait référence dans les deux lettres qui suivent. Le futur pilote se libérera au dernier moment pour aller assister à la causerie de son ami au Club alpin de Paris, à la suite de laquelle il déplorera le caractère précieux et vide des termes employés par l'alpiniste pour décrire les paysages et conclura : « Il ne faut pas apprendre à écrire mais à voir. » Entre amis, on s'aime, mais on ne se fait pas de cadeau.

[*En-tête* : Hôtel Aucouturier, Boussac]

Carissime,
Envoie-moi un petit mot car décidément la vie n'est pas gaie à l'hôtel Aucouturier. La patronne y lit du Pierre L'Ermite et ma chambre a l'air d'une sacristie avec l'édredon rouge couvert de dentelles.
Pour l'heure, j'ai mes deux roues crevées et j'attends philosophiquement pour repartir (mon adresse « Poste restante », Guéret).
Je te souhaite pour ta conférence un succès flatteur.
Je pense toujours que tu es un salaud mais je suis poire et t'aime bien quand même.
Ton vieil,

Antoine

GRAND HOTEL CENTRAL
Place Bonnyaud
GUÉRET (CREUSE)
GARAGE
TÉLÉPHONE 80
R. C. GUÉRET 824

Guéret, le 192

Henry –

Tu es un salaud. J'avais le cafard, je sacrifiais 2,75 pour entendre ta voix de sirène mais tu n'as pas voulu quitter tes draps. Tu ne veux jamais te déranger.

Tu es un salaud. Je voudrais te dire des choses pénibles à entendre, j'éprouve une joie vive à t'engueuler – malheureusement ça t'est égal. Tu es le monsieur que l'on dérange, à qui on téléphone, à qui on demande poliment si sa soirée sera libre, on te présente ses hommages. Pendant ce temps tu joues au bridge et incline la tête d'un air condescendant. Ça me dégoûte.

Tu es un salaud. Je voudrais t'être infiniment désagréable. Ma sympathie pour toi est une faiblesse de jeune pucelle, la marque d'un caractère niais. Ça me dégoûte aussi de moi.

Je vais me venger. On m'a raconté de source sûre que lorsque tu as fait la première (que tu dis) de l'aiguille verte tu as trouvé en haut les inscriptions suivantes. ——→

Tu ne t'es pas vanté bien sûr à cause de ton orgueil peu sportif.

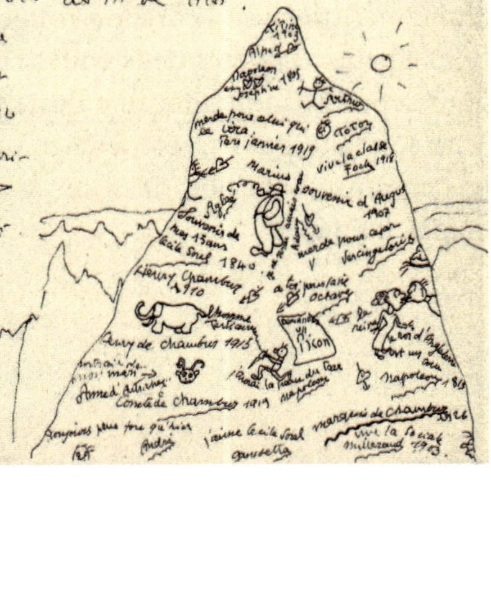

II. Guéret (Creuse), 1925

[*En-tête* : Grand Hôtel Central, Guéret]

Henry,
Tu es un salaud. J'avais le cafard, je sacrifiais 4,75 francs pour entendre ta voix de sirène mais tu n'as pas voulu quitter tes draps. Tu ne veux jamais te déranger.
Tu es un salaud. Je voudrais te dire des choses horribles à entendre, j'éprouve une joie vive à t'engueuler – malheureusement ça t'est égal. Tu es le Monsieur que l'on cherche, à qui on téléphone, à qui on demande poliment quelle soirée il sera libre. On te présente ses hommages. Pendant ce temps, tu joues au bridge et inclines la tête d'un air condescendant. Ça me dégoûte. Tu es un salaud. Je voudrais t'être infiniment désagréable. Ma sympathie pour toi est une faiblesse de jeune pucelle, la marque d'un caractère niais. Ça me dégoûte aussi de moi. Je vais me venger : on m'a raconté de source sûre que lorsque tu as fait la première (que tu dis) à l'aiguille Verte, tu as trouvé en haut les inscriptions suivantes : [*dessin*]
Tu ne t'en es pas vanté à cause de ton orgueil peu sportif. J'ai appris avec joie que tu étais vivant. Je n'ai rien à te dire, sinon de m'écrire.

Antoine – Poste restante Guéret

À JEAN ESCOT

Jean Escot, ami d'Antoine de Saint-Exupéry depuis leur service militaire et leur formation de pilote à Strasbourg et Avord.

GRAND HOTEL CENTRAL
Place Bonnyaud
GUÉRET (CREUSE)
GARAGE
TÉLÉPHONE 80
R. C. GUÉRET, 824

Guéret, le minuit juste, est-ce demain ou hier ?

Cher vieux

La dynamo s'est dégonflée après avoir chargé progressivement jusqu'à 15. Elle était trop ambitieuse, cette petite. Aussi de crainte de vider les accus et ne sachant pas me diriger sur route à l'aide de l'étoile polaire je suis contraint de faire escale.

Au grand hotel central je n'ai que des amis. le garçon en me voyant est tombé dans mes bras. la patronne a demandé des sels. la fille de la patronne a souri chastement.

je vais te dessiner cet accueil —

Demain je file sur Bourganeuf et là fais réparer la dynamo pour être à Montluçon le soir après avoir fait escale à Aubusson —

quel métier.

Symbole de mon métier →

(et au bout de chaque route il y a ça :

je serai à Paris mercredi soir ou samedi matin au + tard.

mon vieux je suis bien triste et regarde la vie avec beaucoup d'amertume car j'ai mal aux dents.

je vais te dessiner le symbole du mal de dents

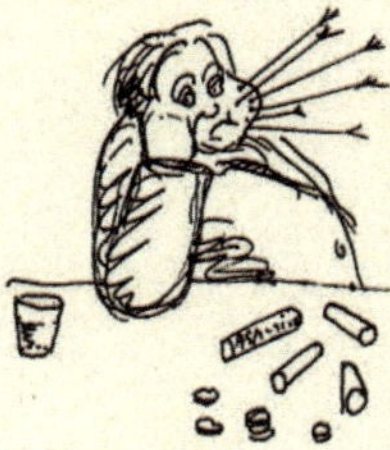

le même en dessin cubiste

(tu remarqueras combien le cubisme peut être évocateur et expressif.

je te quitte — je suis bien bas...

Antoine

moi qui aimais tant faire l'amour qu'est-ce que je fous ici?

ressources de Guéret —

!

...

I. Guéret, 1924-1925

Ces lettres au camarade Jean Escot, avec lequel le conscrit Antoine de Saint-Exupéry s'est formé au pilotage à Strasbourg et Avord, témoignent par leur drôlerie de la vie monotone du représentant de commerce en semaine ; et, en creux, d'une vie parisienne plus « relâchée » le week-end, après que les fiançailles avec Louise de Vilmorin ont été rompues. Mais au bout de cette longue route si vaine, pourtant dépeinte avec l'humour du potache, il y aura la grande aventure, celle de l'Aéropostale... Et de celle-là, on ne guérit pas.

[Grand Hôtel Central,
Guéret] Minuit juste
– est-ce demain ou hier ?

Cher vieux,

Ta dynamo s'est dégonflée après avoir chargé progressivement jusqu'à 15. Elle était trop ambitieuse, cette petite. Aussi de crainte de vider les accus et ne sachant pas me diriger sur route à l'aide de l'étoile polaire je suis contraint de faire escale.

Au Grand Hôtel Central, je n'ai que des amis. Le garçon en me voyant est tombé dans mes bras, la patronne a demandé des sels. La fille de la patronne a souri chastement.

Je vais te dessiner cet accueil. [*dessin*]

Demain, je file sur Bourganeuf et là, fais réparer la dynamo pour être à Montluçon le soir après avoir fait escale à Aubusson.

Quel métier. Symbole de mon métier. [*dessin*]

Et au bout de chaque route il y a ça. [*dessin*]

Je serai à Paris vendredi soir ou samedi matin au plus tard.

Mon vieux, je suis bien triste et regarde la vie avec beaucoup d'amertume car j'ai mal aux dents.

Je vais te dessiner le symbole du mal de dents. [*dessin*] Le même en

dessin cubiste (tu remarqueras combien le cubisme peut être évocateur et expressif). [*dessin*]
Je te quitte, je suis bien bas…

Antoine

Moi qui aimais tant faire l'amour, qu'est-ce que je fous ici ! [*dessin*] Ressources de Guéret !!!

TÉLÉPHONE 19

GRAND HOTEL DU BŒUF
& CENTRAL HOTEL
VIERZON
(CHER)

LOUIS SAPIN, PROPRIÉTAIRE

Chauffage Central
Électricité

Garage
Recommandé

GUIDE MICHELIN

R. C. BOURGES 487

Vierzon, le lendemain d'hier 192

Mon cher jean

j'ai réceptionné mon premier client. Il achetera mais plus tard. Plus tard je m'en fous : je serai déjà mort de faim. les clients sont des égoïstes. je vais te dessiner le symbole du client

Je file sur Bourges dans ½ heure, après le déjeuner. la route de Vierzon à Bourges est spécialement jolie : 

maintenant je vais te dessiner les représentants qui sont là

Symbole du représentant :

La vie du représentant.
Proportion des heures consacrées aux diverses occupations.

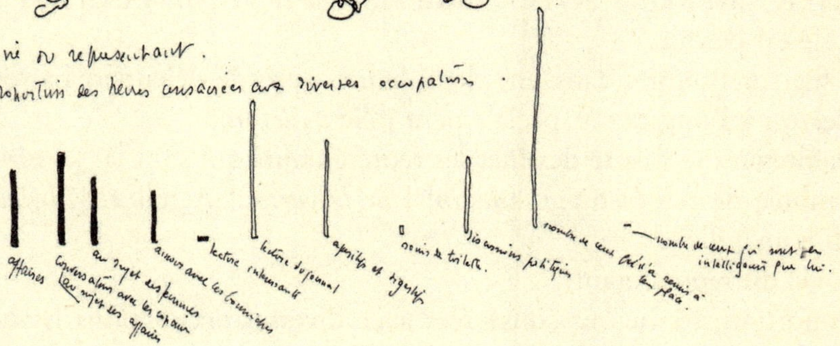

Je vais déjeuner et file

Bonsoir

[signature]

II. Vierzon, 1924-1925

[Grand Hôtel du Bœuf & Central Hôtel, Vierzon]
Le lendemain d'hier

Mon cher Jean,
J'ai réceptionné mon premier client. Il achètera mais plus tard. Plus tard je m'en fous : je serai déjà mort de faim, les clients sont des égoïstes. Je vais te dessiner le symbole du client.
[*dessin légendé*] [*au sol :*] très joli tapis en peau de représentant. Ici, un chien hargneux que je ne sais pas dessiner. [*au mur* :] C'EST TROP CHER / MERDE / SOYEZ BREF. [*Sur le coffre-fort :*] Inutile d'insister la clé est perdue.
Je file sur Bourges dans une demi-heure, après le déjeuner. La route de Vierzon à Bourges est spécialement jolie : [*dessin*].
Maintenant je vais te dessiner les représentants qui sont là. [*dessins*].
Symbole de représentant. [*dessin*] [*sur la carte :*] Achillex. [*Phylactère :*] J'ai le manillon.
La vie du représentant.
Proportion des heures consacrées avec diverses occupations [*graphique, avec en abscisse*] : affaires, conversation avec les copains au sujet des affaires, au sujet des femmes, amours avec les bonniches, lecture intéressante, lecture du journal, apéritifs et digestifs, soins de toilette, discussions politiques, nombre de ceux qu'il a remis à leur place, nombre de ceux qui sont plus intelligents que lui.
Je vais déjeuner et file.
Bonsoir,

Antoine

AUTOMOBILES « UNIC »

AGENT EXCLUSIF POUR LA CREUSE

MOTEURS INDUSTRIELS

ÉQUIPEMENT ÉLECTRIQUE

— LUMIÈRE :- T. S. F.

SOUDURE AUTOGÈNE

PRESSE A BANDAGES 300 TONNES

FOURNITURES INDUSTRIELLES

STOCK BANDAGES BERGOUGNAN

STOCK MICHELIN

R. C. BOURGANEUF N° 615

Compte Courant Postal 9264 Clermont-Ferrand

E. Truffinet

MÉCANICIEN-ÉLECTRICIEN

MONTEIL-AU-VICOMTE (CREUSE)

Téléphone N° 2

Le 192

Carissime

la consommation d'eau était due à une fuite bien bizarre de ton radiateur

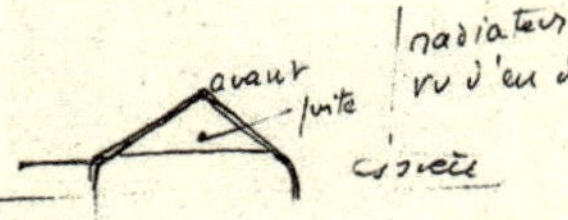

je suppose qu'elle est due à une pierre qui avait rebondi. la fuite étant on ne peut mieux placée j'ai fait faire un point de soudure sans avoir à le faire démonter.

Pour l'heure je fais un second petit déjeuner (m'étant levé à 5h ½) j'attends un client et file d'ici sur Aubusson et Montluçon. Demain j'irai à Vichy et rentrerai de nuit à Paris si la dynamo est réparable sur place sinon je n'irai pas à Vichy et rentrerai demain soir

Il y a des professions peu rigolotes que la mienne. Celle de ~~perpet~~ percepteur
ou celle de ménages
Allez! oust! au travail!
ou celle de président de la république
BANQUET de l'Union républicaine
visage rasé.
voire même celle de pédicure
ou de milliardaire.

AUTOMOBILES « UNIC »

AGENT EXCLUSIF POUR LA CREUSE

MOTEURS INDUSTRIELS

ÉQUIPEMENT ÉLECTRIQUE

— LUMIÈRE -:- T. S. F.

SOUDURE AUTOGÈNE

PRESSE A BANDAGES 300 TONNES

FOURNITURES INDUSTRIELLES

STOCK BANDAGES BERGOUGNAN

STOCK MICHELIN

R. C. BOURGANEUF N° 615

Compte Courant Postal 9261 Clermont-Ferrand

E. Truffinet

MÉCANICIEN-ÉLECTRICIEN

MONTEIL-AU-VICOMTE (CREUSE)

Téléphone N° 2

Le 192

Ou celle de sportif.

mais je perds mes derniers cheveux dans la mienne.

III. Monteil-au-Vicomte, 1924-1925

[*En-tête* : E. Truffinet, mécanicien-électricien.
Automobiles « Unic », Monteil-au-Vicomte]

Carissime,
La consommation d'eau était due à une fuite bien bizarre de ton radiateur.
[*dessin :*] Radiateur vu d'en dessous. Avant. Fuite. Essieu.
Je suppose qu'elle est due à une pierre qui avait rebondi. La fuite étant on ne peut mieux placée, j'ai fait faire un point de soudure sans avoir à le faire démonter.
Pour l'heure, je fais un second petit déjeuner (m'étant levé à 5 heures et demie). J'attends un client et file d'ici sur Aubusson et Montluçon. Demain j'irai à Vichy et rentrerai de nuit à Paris si la dynamo est réparable sur place. Sinon, je n'irai pas à Vichy et rentrerai demain soir.
Il y a des professions plus rigolotes que la mienne. Celle de percepteur [*dessin*] ou celle de manager [*dessin*] [*phylactère* : Allez ! Oust ! Au travail !] ou celle de président de la République [*dessin*] [*Au mur* : Banquet de l'Union républicaine] voire même celle de pédicure [*dessin*] [*légende :* visage raté] ou de milliardaire [*dessin*] ou celle de sportif [*dessin*], mais je perds mes derniers cheveux dans la mienne.
[*Dessin :*] Direction / MERDE. Direction / MERDE.

AUX CAMARADES DE LA LIGNE

Lettre adressée aux camarades pilotes et mécaniciens du tronçon sud de la ligne Toulouse-Dakar, Compagnie aéropostale.

Taverne Brasserie Petit Poucet

Maison fondée en 1920

RESTAURANT

Service à la Carte

Jean Brun

Propriétaire

Téléphone : 12-76

CASABLANCA

Situation Unique :

Côte à la Grande Bourse

et Hôtel de la "Vigie Marocaine"

TÉLÉGRAMMES HAVAS

Financiers et Politiques

toutes les heures par T.S.F.

Rendez-vous des Voyageurs

OUVERT TOUTE LA NUIT

Casablanca, le ? 192

(moi)

Mes chers enfants

Je suis tellement gentil que je vous écris déjà. Je suis en panne à Casa car Jeannet malgré ses affirmations n'a demandé aucune place pour moi — on ignorait même ma venue. Vous pouvez lui dire amicalement que je lui revaudrai cela car je n'aime pas beaucoup que l'on se fiche de ma poule. Il ne l'emportera pas au paradis. (surtout s'il n'y a pas de paradis)

Ça me fait beaucoup de peine de vous avoir quittés. Vous êtes des types sympathiques! que j'aime bien. D'autant plus que je me suis réconcilié avec Riguelle qui est un chic type. Et lui avec moi, qui suis un chic type. Il a bien essayé sournoisement de me faire chiper par les maures mais ça a raté et je le lui pardonne. Et puis avec un héros comme Jeanniet je ne craignais rien. (Il voulait même m'emmener tout de suite et laisser la poste.)

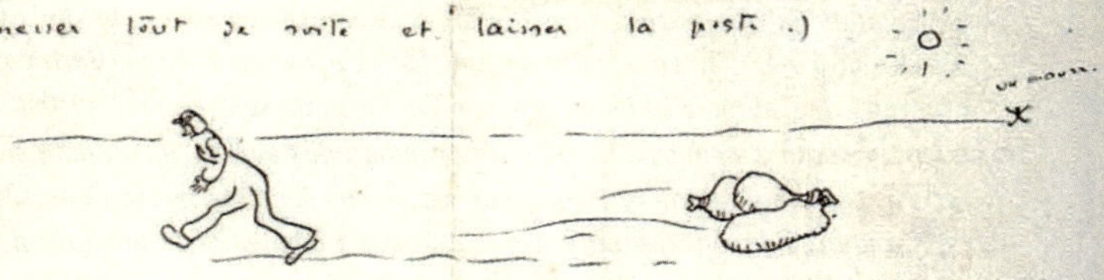

Je pense que Guillaumet continue à faire quatre petits par jour. Il devrait bien m'en garder un.

mais empêchez le de trop se fatiguer pour qu'il en reste un peu lorsque je reviendrai.

Maintenant il me reste à vous remercier d'avoir été si gentils pendant ma maladie. de m'avoir frictionné massé de m'avoir nourri, de m'avoir distrait. Je me souhaite d'être bien vite de retour parmi vous et vous serre tous sur mon vaste cœur

Saintex

écrivez « Château d'Agay
Agay
Var

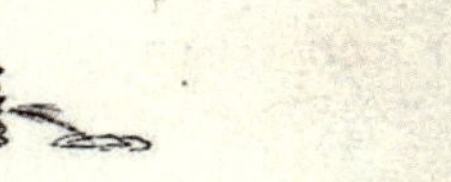

et racontez moi tous les petits tuyaux sur la ligne et sur votre vie. ne me laissez pas tomber. et je vous écrirai de mon côté tout ce que j'apprendrai à Toulouse et Paris

Casablanca, été 1927

Antoine de Saint-Exupéry est recruté par les entreprises Latécoère le 11 octobre 1926, en vue de son affectation comme pilote sur la ligne aéropostale Toulouse-Dakar que le constructeur aéronautique exploite. Il volera sur le tronçon sud de la ligne, entre Casablanca et Dakar (dont la première liaison par les airs a été ouverte en mai 1925). Après avoir vécu bien des aventures en vol et des sauvetages dans le désert, il quitte provisoirement ses camarades de la Ligne à la fin de l'été 1927 pour un séjour de convalescence à Agay (Var), dans la propriété de Gabrielle et Pierre d'Agay. Souffrant de la dengue, il sortait d'une hospitalisation d'un mois à Dakar, où ses camarades avaient pu prendre soin de lui. Parmi les figures de la Ligne avec lesquelles Antoine partage une sincère camaraderie de métier, soudée par le caractère éminemment périlleux de leur mission : Léon Antoine, Henri Guillaumet, Pierre Janet (ici appelé Jeannet), Edmond Lassalle, Émile Lécrivain, Jean Mermoz, Marcel Reine, René Riguelle, Éloi Ville.

[*dessin :*] moi.

[Taverne Brasserie Petit Poucet, Casablanca]

Mes chers enfants,
Je suis tellement gentil que je vous écris déjà. Je suis en panne à Casa car Jeannet malgré ses affirmations n'a demandé aucune place pour moi – on ignorait même ma venue. Vous pouvez lui dire amicalement que je lui revaudrai cela car je n'aime pas beaucoup que l'on se fiche de ma gueule. Il ne l'emportera pas au paradis (surtout s'il n'y a pas de paradis). [*dessin*] Ça m'a fait beaucoup de peine de vous avoir quittés. Vous êtes des types sympathiques que j'aime bien. D'autant plus que je me suis réconcilié avec Riguelle qui est un chic type. Et lui avec moi, qui suis un chic type. Il a bien essayé sournoisement de me faire chiper par les Maures mais ça a raté et je lui pardonne. Et puis avec un héros comme Jeannet je ne craignais rien. (Il voulait même m'emmener tout de suite et laisser la poste.)
[*dessin*]

Je pense que Guillaumet continue à faire quatre petits par jour. Il devrait bien m'en garder un. [*dessin, avec légende* :] Un Maure.
Mais empêchez-le de trop se fatiguer pour qu'il en reste un peu lorsque je reviendrai. Maintenant il me reste à vous remercier d'avoir été si gentils pendant ma maladie, de m'avoir frictionné, de m'avoir nourri, de m'avoir distrait. Je me souhaite d'être bien vite de retour parmi vous et vous serre tous sur mon vaste cœur.

Saint-Ex
[*dessin*]

Écrivez : « Château d'Agay, Agay. (Var) » et racontez-moi tous les petits tuyaux sur la ligne et sur votre vie, ne me laissez pas tomber, et je vous écrirai de mon côté tout ce que j'apprendrai à Toulouse et Paris.

À HENRI GUILLAUMET

Henri Guillaumet (1902-1940),
camarade pilote d'Antoine de Saint-Exupéry
depuis leur engagement chez Latécoère en 1926.

Mon vieux Guillaumet

Tu vois par la photographie ci dessus que j'attends impatiemment ton arrivée. On ne peut plus m'arracher de la dune d'où je considère l'horizon

Et par le dessin ci dessous avec quelle ardeur je t'écris – je ne pense même plus à mettre de l'ordre !

Ton rapport était épatant. Il reste un fauteuil à l'académie je te conseille vivement de l'enlever. c'est une affaire.

encore cette sacrée pesanteur.

Je n'ai rien à te dire parce que j'ai la pecule de lois. Mes astuces s'en ressentent —

J'ai effacé cette phrase parce qu'elle était inconvenante et que tu es très pudibond.

. C'est d'une tendresse folle. Je me console avec mon poulailler.

J'ai de plus en plus la pecule de lois. J'ai bien cherché c'est tout ce que j'ai de neuf à te dire

Tiens. Je vais mettre de l'ordre pour te faire plaisir.

C'est fait. Bonsoir. Ton vieil

Casablanca, 1927-1928

« Le meilleur de mes amis » : ainsi Saint-Exupéry désignait-il son camarade pilote, Henri Guillaumet, dans l'exemplaire de Courrier Sud *(1929) qu'il lui avait dédicacé, non sans lui rappeler la précieuse leçon de géographie que celui-ci lui avait professée avant son premier vol Latécoère vers l'Espagne et Afrique. Cette lettre, qu'on ne peut dater avec plus de précision, mais qui pourrait avoir été écrite depuis le poste de Cap Juby, montre la grande affection du futur écrivain pour son camarade et l'importance que commence à prendre le dessin pour l'expression des sentiments. L'autoportrait stylisé de l'auteur regardant l'horizon désertique dans l'attente de la figure absente est le premier d'une longue série, jusqu'à devenir, au fil des années, l'allégorie poétique de la condition humaine.*

[*dessin*]
Mon vieux Guillaumet,
Tu vois par la photographie ci-dessus que j'attends impatiemment ton arrivée. On ne peut plus m'arracher à la dune d'où je considère l'horizon. Et par le dessin ci-dessous avec quelle ardeur je t'écris – je ne pense même plus à mettre de l'ordre ! [*dessin, avec légende :*] Encore cette sacrée pesanteur.
Ton rapport était épatant. Il reste un fauteuil à l'académie. Je te conseille vivement de l'enlever. C'est une affaire. [*dessin, avec légende :*] Tourne la page, tu verras si c'est beau !
Je n'ai rien à te dire parce que j'ai la gueule de bois. Mes astuces s'en ressentent.
[*Une phrase effacée*] J'ai effacé cette phrase parce qu'elle était inconvenante et que tu es très pudibond. C'est d'une tendresse folle. Je me console avec mon poulailler.
J'ai de plus en plus la gueule de bois. J'ai bien cherché, c'est tout ce que j'ai de neuf à te dire.
Tiens, je vais mettre de l'ordre pour te faire plaisir.
C'est fait. [*dessin*] Bonsoir. Ton vieil [*Antoine*]

À GABRIELLE D'AGAY, NÉE DE SAINT-EXUPÉRY

Gabrielle de Saint-Exupéry (1903-1986),
sœur cadette d'Antoine de Saint-Exupéry,
mariée le 10 octobre 1923 à Pierre d'Agay.

Cap Juby, été 1928

Après avoir œuvré sur la ligne africaine pendant dix mois, le pilote est nommé le 19 octobre 1927 par la Compagnie générale aéropostale (ex-Latécoère) comme chef de l'aéroplace de Cap Juby, escale située aux portes du Sahara sur la côte atlantique maroco-mauritanienne. C'est en ce lieu isolé, rythmé par l'arrivée des courriers et les sauvetages en tous genres, qu'Antoine de Saint-Exupéry, qui y restera une année, écrit son premier roman, Courrier Sud, *tout en entretenant des liens avec les militaires de la garnison espagnole et les populations locales. Une expérience si intime du désert infusera toute l'œuvre à venir en affectant durablement la perception du monde par l'écrivain. Il y formera une morale élémentaire et sa scène imaginaire, d'où se détache déjà un personnage central de la fable à venir : le renard solitaire.*

Ma petite Didi,

Nous venons de faire des choses assez magnifiques à la recherche de deux courriers perdus dans le désert ; pour ma part, j'ai fait environ 8 000 kilomètres en cinq jours au-dessus du Sahara. J'ai été tiré comme un lapin par des rezzous de trois cents types. J'ai passé par des temps effarants, j'ai atterri quatre fois en dissidence et j'y ai passé une nuit en panne.

Dans ces moments-là, on joue sa peau avec une grande générosité.

Pour le moment, nous savons l'équipage du premier courrier prisonnier, mais les Maures demandent pour le rendre un million de fusils, un million de pesetas, un million de chameaux. (Un rien !) Et ça va assez mal car les tribus commencent à se battre pour les avoir.

Quant à l'équipage du second courrier, il est sans doute allé se tuer quelque part dans le Sud car nous n'en avons aucune nouvelle.

Je pense rentrer en France en septembre : j'en ai grand besoin. Je ne désire pas rentrer plus tôt ayant besoin de quelques sous pour ma permission et n'en ayant pas assez.

J'élève un renard-fenech ou renard solitaire. C'est plus petit qu'un chat et pourvu d'immenses oreilles. C'est adorable. [*dessin*]

Malheureusement, c'est sauvage comme un fauve et ça rugit comme un lion.

J'ai fini un roman de cent soixante-dix pages, je ne sais pas trop quoi en penser. Tu verras ça en septembre.
J'ai hâte de revivre une vie civilisée, humaine, vous ne pouvez rien comprendre à la mienne et la vôtre me paraît si lointaine. Ça me paraît un tel luxe d'être heureux…
Ton vieux frère,

Antoine

Si tu veux, je me marie…

Quant à l'équipage du second courrier il est sans doute allé se faire tuer quelque part dans le Sud car nous n'en avons aucune nouvelle.

Je pense rentrer en France en septembre : j'en ai grand besoin. Je ne désire pas rentrer plus tôt ayant besoin de quelques sous pour ma permission et n'en ayant pas assez.

J'élève un renard - fennec ou renard solitaire. C'est plus petit qu'un chat et pourvu d'immenses oreilles. C'est adorable.

Malheureusement c'est sauvage comme un fauve et ça rugit comme un lion.

J'ai fini un roman de 170 pages. Je ne sais trop qu'en penser. Tu verras ça en septembre.

J'ai hâte de revivre une vie civilisée, humaine.

Vous ne pouvez rien comprendre à l'ancienne...

Ton vieux frère

Antoine

N.B. Si tu veux je me marie...

À LÉON WERTH

Léon Werth (1878-1955), écrivain et critique,
ami d'Antoine de Saint-Exupéry,
dédicataire du Petit Prince *et inspirateur de la* Lettre à un otage.

Chère Yvonne

Je vous embrasse en passant (je suis pour cinq minutes dans Paris)

J'ai été me promener cette après-midi dans des coins extrêmement mal pavés et j'y ai vu — à moi destiné — le plus beau feu d'artifice du monde.

Quelques heures dans l'avion et c'est tout.

Embrassez Suzanne

Tonio

I. Paris, 1939-1940

Léon Werth, « ce type merveilleux », « ma morale », fut d'abord une référence intellectuelle pour Saint-Exupéry, qui avait lu ses articles dans la grande presse comme ses écrits antimilitaristes et anticolonialistes, avant d'en faire l'un de ses meilleurs amis dans les années 1930. Les deux hommes, comme leurs deux épouses Consuelo et Suzanne, aimaient à se retrouver à Paris ou à Saint-Amour, dans le Jura, chez les Werth. Ayant obtenu le 3 décembre 1939 son affectation au groupe de reconnaissance aérienne 2 / 33, Antoine de Saint-Exupéry prend part, comme officier pilote, à la drôle de guerre puis, suite au franchissement des Ardennes par l'armée allemande, à la bataille de France qui durera six semaines, jusqu'à l'armistice du 22 juin 1940. Durant cette période tragique, et ô combien périlleuse pour les pilotes, les amis échangent des lettres, dont certaines sont dessinées. Le pilote s'y représente parfois en mission, survolant des paysages familiers, mais sur un nuage plutôt qu'à bord d'un avion.

Cher Werth,
Je vous embrasse en passant (je suis pour cinq minutes dans Paris). J'ai été me promener cet après-midi sur des coins extrêmement mal pavés et j'y ai vu – à moi destiné – le plus beau feu d'artifice du monde.
Quelques balles dans l'avion et c'est tout.
Embrassez Suzanne.

Tonio

Cher Léon Werth

J'aurais bien voulu
vous embrasser
mais Consuelo va
venir me prendre et
je lui ai promis
de déjeuner avec
elle.

Je tâcherai de vous
revoir avant de repartir.

NB : la petit Soissons chez
tient très bien. La
Seine c'est plus pareil mais
pas désespéré.

Tonio

II. Paris, mai-juin 1940

Une scène probable de la bataille de France, vue par Saint-Exupéry : le pilote se représente sur un nuage Bloch 174 (avion militaire français) aux prises avec un Messerschmitt allemand, au-dessus d'une ville en flammes. Si le projet du Petit Prince *ne prendra corps que trois ans plus tard à New York, on constate que bien des éléments graphiques du conte commencent à voir le jour, tant pour l'autoportrait stylisé que dans le décor : un mouton, une fleur, la courbure d'une planète, des étoiles… Ces motifs réunis, ressaisis, épurés et composés donneront un jour naissance à un personnage reconnaissable entre tous et à une fable universelle.*

Cher Léon Werth,
J'aurais bien voulu vous embrasser mais Consuelo va venir me prendre et je lui ai promis de déjeuner avec elle.
Je tâcherai de vous joindre avant de repartir.
NB : Le front Soissons etc. tient très bien. La Seine, c'est plus pagaïe mais pas désespéré.

Tonio

À HEDDA STERNE

Hedda Stern, dite Sterne, née Hedwig Lindenberg (Bucarest, 1910-New York, 2011), artiste peintre exilée en 1941 à New York, où elle se lie d'amitié avec Antoine de Saint-Exupéry.

Parfaitement. J'ai guetté (au téléphone) toute l'après-midi votre retour à la maison.

Je regrette bien de vous avoir manqué.

Je voulais vous remercier de tout cœur pour l'aide spirituelle que vous

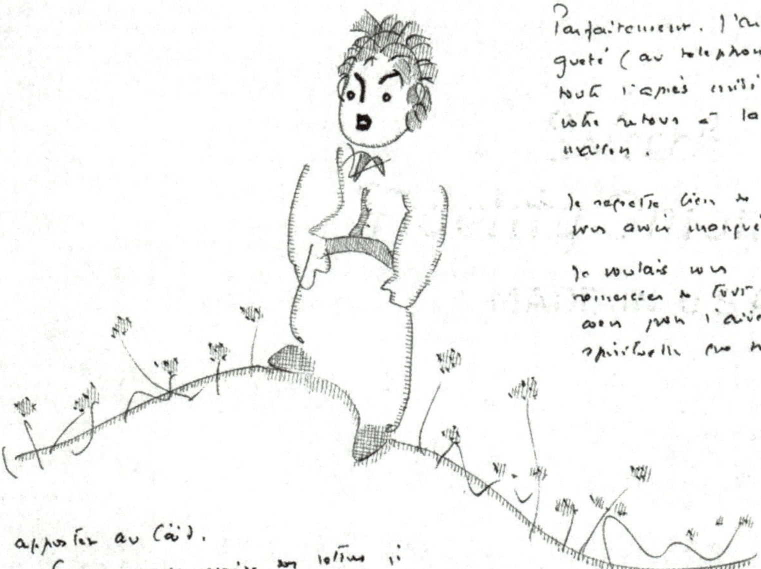

apportez au Caïd.

Si je savais écrire des lettres je vous écrirais une longue lettre mais il y a quatre ou cinq ans que je suis devenu idiot et ne sais plus très bien communiquer. Je me déteste.

Vous m'avez aidé plus que vous ne pensez.

Merci.

Votre ami

Antoine

New York, 1942-1943

À New York, Hedda Sterne, déjà connue des ateliers parisiens de l'entre-deux-guerres, est en relation avec le milieu des artistes européens exilés, et en particulier avec André Breton, Marcel Duchamp et Max Ernst. Bien que réticent aux recherches de la peinture avant-gardiste d'inspiration surréaliste ou abstraite, Antoine de Saint-Exupéry n'en est pas lui-même complètement distant, ne serait-ce que par la proximité à ce groupe de son épouse Consuelo, qui l'a rejoint à Manhattan fin 1941. L'artiste roumaine, avec qui il noue une forte relation d'amitié, semble avoir été une confidente attentive et disponible pour l'écrivain, qui travaille en 1942 et 1943 sur trois ouvrages : Citadelle *(encore intitulé* Le Caïd*), la* Lettre à un otage *(dont le tapuscrit et les épreuves sont conservés dans les* Hedda Sterne Papers *des Archives of American Art) et* Le Petit Prince. *Avec les petites hachures qui viennent souligner l'autoportrait poétique qu'il adresse ici à son amie, et que l'on retrouve sur d'autres feuillets de la même époque, Antoine de Saint-Exupéry supplée l'absence des couleurs aquarellées du* Petit Prince *en venant soutenir subtilement la ligne claire et synthétique de son trait.*

Parfaitement. J'ai guetté (au téléphone) toute l'après-midi votre retour à la maison.
Je regrette bien de vous avoir manquée.
Je voulais vous remercier de tout cœur pour l'aide spirituelle que vous apportez au *Caïd*.
Si je savais écrire des lettres, je vous écrirais une longue lettre mais il y a quatre ou cinq ans que je suis devenu idiot et ne sais plus très bien communiquer. Je me déteste.
Vous m'avez aidé plus que vous ne pensez.
Merci.
Votre ami.

Antoine

À SILVIA HAMILTON

Silvia Hamilton, amie new-yorkaise d'Antoine de Saint-Exupéry, rencontrée début 1942 dans l'entourage de Lewis Galantière, traducteur américain de l'écrivain.

Alger, juin 1943

« Du premier jour de notre rencontre jusqu'au matin où il vint chez moi me faire ses adieux avant de partir, en convoi, pour Alger, nous avons passé tous les jours un moment ensemble. » Silvia Hamilton se souvient ainsi avec émotion de la relation tendre qui, malgré la barrière de la langue, la lia à Antoine de Saint-Exupéry à New York, du temps où il écrivait Le Petit Prince. *Parti sur un convoi militaire américain le 2 avril 1943 pour rejoindre ses camarades pilotes en Afrique du Nord, l'écrivain n'oublie pas son amie, dont il se désole de ne recevoir que trop peu de lettres. Dans cette lettre touchante, pleine de la mélancolie profonde de l'écrivain qui vient enfin d'être autorisé à piloter, l'autoportrait prend désormais les traits et attributs (le cache-nez), même esquissés, du petit prince. Le personnage de la fable s'est définitivement substitué au petit bonhomme qui l'avait précédé pour incarner les états d'âme de son auteur et son profond désir d'être compris et consolé.*

Ah petite Sylvia, je suis bien trop confus et embrouillé pour vivre en paix sur cette planète. Mais ce que je regrette par-dessus tout, c'est de peiner ou d'avoir peiné ceux que j'aime. Je ne puis pas supporter cette idée. Je te supplie de me dire que tu me pardonnes du fond du cœur. Tu me connais si bien. Tu sais que je ne suis pas un méchant homme. Tu sais que c'est moi le plus malheureux.
On tire en ce moment-ci contre un avion : ce chant de guerre ne réveille pas cette ville molle (car je suis aujourd'hui de passage à Alger). Je hais Alger. C'est un climat impur. C'est une sorte de dépotoir de l'humanité. Adieu Sylvia. Un ami emporte ma lettre. C'est la seule chance qu'elle te parvienne puisque ce continent est comme une prison et qu'il faut vivre de silence. Si une lettre de toi me parvient, elle m'aidera. Confiez-la à quelqu'un qui vienne.
Je t'embrasse Sylvia de tout mon cœur.

Antoine

J'ajoute un petit mot Sylvia. J'espère que ma lettre te parviendra. Il me semble qu'ici aucune lettre n'arrive. À part deux lettres de toi qui m'ont

presque accueilli à mon arrivée, je n'ai reçu qu'une autre lettre d'un ami. Je suppose que tu m'as écrit encore depuis trois mois, rien ne m'est parvenu. Si tu m'écris Sylvia peux-tu m'envoyer la lettre en double ? L'une à l'adresse suivante :
Commandant de Saint-Exupéry
3rd photogroup
Apo 520
US ARMY *NORTH AMERICA*

L'autre :
Chez le Docteur Pélissier
17, rue Denfert Rochereau
ALGER AFRIQUE DU NORD

Change seulement quelques phrases de l'une à l'autre pour que j'aie quand même du plaisir à les lire toutes deux si toutes deux me parviennent ! C'est triste de recevoir une lettre dont on a déjà tout lu. Mais, tout l'essentiel, recopie-le, parce que c'est plus triste encore, si une des deux lettres se perd, de ne pas recevoir l'essentiel. [*dessin*]
Tu vois Sylvia je regarde loin devant moi et je ne sais rien de l'avenir. J'aimerais bien te revoir. J'ai tellement besoin d'un canard laqué chez les Chinois, et de conseils sur la peinture, et d'un nouveau jeu comme celui des oranges sur le piano. Partout où j'ai trouvé un piano en Afrique du Nord, j'ai obtenu un gros succès, mais il faut bien un jour changer de jeu sans quoi on devient monotone.
J'ai aussi besoin de deux œufs sur toast et de coca cola au gyn (gin ?) et de beaucoup de choses encore. Bien sûr, ça me fera tellement tellement plaisir de te retrouver. Écris-moi Sylvia que cela te fera aussi un tout petit peu de plaisir.
Et lui ? Tu crois qu'il me reconnaîtra ? [*dessin*]

Page 5

l'essentiel.

Tu vois Sylvia je regarde loin devant moi et je ne sais rien de l'avenir. J'aimerais bien te revoir. J'ai tellement besoin d'un canard laqué chez les chinois, et de conseils sur la peinture, et d'un nouveau jeu comme celui des oranges sur le piano. Partout où j'ai trouvé un piano en Afrique du nord j'ai obtenu un gros succès. Mais il faut bien un jour changer de jeu sans quoi on devient monotone.

J'ai aussi besoin de deux oeufs sur toast et de coca cola au gyn (gin ?) et de beaucoup beaucoup de choses encore. Bien sûr ça me fera tellement tellement plaisir de te retrouver. Ecris moi Sylvia que cela te fera aussi un tout petit peu de plaisir.

Et lui ? Tu crois qu'il me reconnaitra ?

À CONSUELO DE SAINT-EXUPÉRY

Consuelo Suncín Sandoval (1901-1979),
épouse d'Antoine de Saint-Exupéry depuis 1931.

Consuelo Consuelo chérie

Dépêchez vous de revenir.

Consuelo consuelo chérie dépêchez vous
de rentrer dans notre maison. Je suis
deux heures. J'ai tellement besoin de vous
parler et je vais commencer à souffrir.

Je ne vous en voudrai pas mais j'aimerais
tellement ne pas avoir mal !

votre Antoine.

I. New York, hiver 1943

Après plus de trois ans de vie séparée, Consuelo de Saint-Exupéry rejoint son mari le 23 décembre 1941 à New York, une année exactement après que ce dernier s'y est installé. Malgré une existence conjugale chaotique, marquée par beaucoup de défiance chez l'un comme chez l'autre, le couple retrouve peu à peu le chemin de la vie commune, en particulier à Bevin House (Long Island), où l'écrivain achève l'écriture du Petit Prince *durant l'été 1942, puis dans la maison qu'ils louent au 35, Beekman Place, sur l'East River, et où ils cohabiteront quatre mois. Rien n'est pourtant encore vraiment simple, et l'écrivain s'épuise à attendre de la part de Consuelo un comportement de femme docile, toute dévouée à son impossible mari. Désertant lui-même souvent le domicile, il lui reproche ses absences, ses crises… et réclame, sous les traits d'un petit prince éberlué, son retour au foyer.*

Consuelo Consuelo chérie,
Dépêchez-vous de revenir.
Consuelo Consuelo chérie dépêchez-vous de rentrer. Il est deux heures.
J'ai tellement besoin de vous parler et je vais commencer à souffrir.
Je ne vous en voudrai pas mais j'aimerais tellement ne pas avoir mal.

Votre Antoine

E

Consuelo je n'ai jamais reçu votre valise ni le manteau qui marche huit jours, ni rien. Et ça me fait tellement de peine qu'un signe de vous soit perdu !

Consuelo j'ai terriblement froid dans le cœur. J'ai besoin de t'entendre rire, Petite fille mon amour que de jours affreusement tristes j'ai passés loin de toi.

Ne me laissez jamais sans nouvelles. C'est le pain de mon cœur.

Oh Consuelo je reviendrai bientôt dessiner partout des petits Princes...

Consuelo je vous aime

Antoine

160

II. Alger, novembre 1943

« J'ai trop de difficulté à respirer à la maison », confie Antoine de Saint-Exupéry à Consuelo, quelques jours avant de partir de New York pour, écrit-il encore, « souffrir et ainsi communiquer avec les miens ». Le petit prince a donc quitté sa planète et, avec elle, cette rose capricieuse qui a pour nom Consuelo. Mais à Alger, les lettres que s'échangent mari et femme font oublier les tracasseries et les angoisses du quotidien pour prendre un tour presque mystique. « L'essentiel est invisible pour les yeux »… y compris ce qui lie un homme et une femme pour la vie et, écrivent-ils l'un et l'autre, devant Dieu. Aux prises avec une humanité désespérante, oublieuse d'elle-même, Antoine de Saint-Exupéry n'aspire plus qu'à une chose : « vous faire fleurir et me promener à pas lents dans votre merveilleuse poésie ».

Consuelo je n'ai jamais reçu votre valise ni la montre qui marche huit jours ni rien. Et ça me fait tellement de peine qu'un signe de vous se soit perdu !
Consuelo j'ai terriblement froid dans le cœur. J'ai besoin de t'entendre rire. Petite fille mon amour que de jours affreusement tristes j'ai passés loin de toi.
Ne me laissez jamais sans nouvelles. C'est le pain de mon cœur.
Oh Consuelo je reviendrai bientôt dessiner partout des petits princes…
[*Dessin :*] « Où est ma Consuelo ? »
Consuelo je vous aime.

Antoine

Tous les papiers utilisés pour les ouvrages
des collections Folio sont certifiés
et proviennent de forêts gérées durablement.

Composition Nord Compo
Impression Pollina
à Luçon, le 6 janvier 2022
Dépôt légal : janvier 2022
Numéro d'imprimeur : 41586

ISBN 978-2-07-282213-1 / Imprimé en France

342137